고구려.
대륙을 먹다

고구려, 대륙을 먹다 19권

초판1쇄 펴냄 | 2022년 11월 08일

지은이 | 다물
발행인 | 성열관

펴낸곳 | 어울림 출판사
출판등록 / 2009년 1월 23일 제 2015-000062호
주소 / 경기도 고양시 일산동구 무궁화로 43-55, 801호 (장항동, 성우사카르타워)
TEL / 031-919-0122
FAX / 031-919-0127
E-mail / 5ullim@hanmail.net

값 9,000원

ISBN 978-89-992-8071-9 (04810)
ISBN 978-89-992-7467-1 (SET)

고구려 대륙을 먹다
다물 대체역사 장편소설
19
어울림
BOOKS

목차

본 소설은 허구입니다. 실제적 역사나 사실과 다를 수 있습니다.

이적이 깨어나다

황당한 표정을 지으면서 물었었다.

'일식이 백성들의 구경거리라고……?'

'그렇소.'

'어떻게… 그런 일을…….'

'말하지 않았소. 고려에서는 진실을 알린다고 말이오.'

'…….'

'우리 백성들은 나라에 흉한 일이 벌어질 수 있는 상서롭지 못한 일이라 여기지만, 고려에서는 일식과 월식에 대해서 진실을 가르치고 있소.'

'고려 백성들이 고려왕을 업신여기는 일은…….'

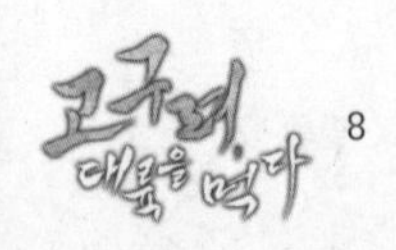

'업신여기지 않소. 대신 진실을 알려준 태왕을 신뢰하오.'

'고려왕을 백성들이 믿는다고……?'

'군주가 백성들에게 진실을 알리기에 백성들이 믿는 것이오. 그런 백성들을 다시 군주가 믿소. 서로의 신뢰가 지켜지는 상황 속에서 군주가 백성들에게 전쟁을 치를 것이라고 하면 어찌 되겠소?'

'…….'

'목숨을 걸고 군주를 위해서 싸우는 거요. 군주를 위해서 목숨을 버려도, 군주가 명예를 지켜주고 식구를 지켜줄 것이라고 믿기 때문에 말이오. 그것이 백성으로부터 구하는 정통성이자 군주의 위엄이오.'

기막힌 논리를 배신자로부터 들었다.

장손무기로부터 하늘의 이치와 고려가 일식을 구경거리로 만들었다는 것을 들었다.

그 이야기를 듣고 멍한 모습을 보였었다.

머리로는 이해가 되지만 납득이 되지 않았다.

그야말로 다른 세상의 이야기 같았고, 현실에서 있을 수 없는 일이라고 생각했다.

그런 자신에게 전임 태위가 이야기를 이었다.

'다시 묻겠소. 고려에서 백성들에게 하늘의 진실을 알리는 동안, 폐하께서는 어떻게 하셨소?'

'…….'

'말해 보시오. 폐하께서는 백성들에게 뭐라고 주장하셨소?'

'…….'

재차 장손무기가 장안에서 있었던 일을 물었다.

그의 물음에 감히 대답할 수 없었다.

어떤 일이 있었는지 알고 있었기에, 더더욱 솔직하게 말할 수 없었다.

답변하기를 주저할 때, 눈시울을 붉힌 장손무기가 말했다.

'폐하의 덕으로 일식을 물리쳤다… 그런데 고려에서 밝힌 하늘의 이치가 우리나라에 스며들면서 백성들이 깨어났소… 그런 백성들을 폐하께서는 어떻게 하셨소?'

'그… 그것은…….'

'모조리 죽였소…! 하늘의 이치를 깨달은 자와 고려를 아는 자까지……!'

'…….'

'고려를 궁금히 여기는 자와, 심지어 고려의 고 자만 꺼내도 모두 죽였소…! 그 사실을 내가 모를 것이라고 보시오……?!'

'…….'

'대당국이 어쩌다가 그리 되었소…? 태위에 오른 그대는

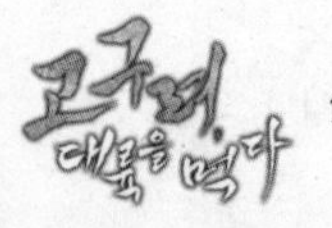

조정에서 대체 무엇을 하고 있었소……?'

'…….'

'거짓말이 들킬까 봐 더 큰 거짓말을 하고, 교역을 벌이는 상인들까지 내쫓는 촌극을 벌였소. 우리의 대당국이 어쩌다 이리 된 것이오? 말해 보시오! 어서!'

분루를 일으키는 장손무기가 옷깃을 잡으면서 소리쳤다.

그의 질문과 외침에 어떤 말도 할 수 없었다.

연신 머리를 깨는 듯한 망치질이 이뤄졌고, 알고 있던 사실과 모르던 사실이 결합되면서 큰 폭풍이 몰아쳤다.

그저 눈물을 흘리는 장손무기를 바라볼 뿐이었다.

그랬던 장손무기가 손에 붙들고 있던 옷깃을 놓고 다시 말했다.

'황실에 남아 있던 모든 정통성이 지워졌소. 폐하께서 아무리 천자라 칭하신들, 폐하께서는 사람으로부터 나셨지, 하늘에서 나신 분이 아니오. 그러니 하늘로부터 정통성을 구한다면 그것은 거짓 정통이오! 오직 백성들만이 유일한 정통성을 줄 수 있소! 당 황실과 우리나라는 백성을 위해서 세워졌소!'

정자에서 나서기 전에 그가 남겼었던 마지막 말이 있었다.

'무엇을 위해서 우리가 나라를 세웠는지 기억하시오. 그리고 우리가 알고 있는 황제 폐하께서는 무엇을 위해서 황실을 여셨는지 기억해야 하오. 우리가 그것을 잊으면 대죄인으로 역사에 이름을 남기게 될 거요!'

핏발 선 장손무기의 두 눈이 뇌리에 깊게 새겨져 있었다.

그의 외침이 머릿속을 가득 채우고 있었다.

아니, 마음에 박혀들면서 편히 숨 쉬지 못하도록 만들고 있었다.

다시 바람이 불어 들어왔고 등불이 흔들리면서 그림자가 춤췄다.

또 한 번 지난 일들이 환영처럼 펼쳐졌다.

마치 눈앞에서 다시 경험하는 것처럼 지난 기억들이 펼쳐졌다.

그토록 만나고 싶었었던 이가 눈앞에 있었다.

'이름이 어떻게 되나?'

'세적입니다.'

'성은?'

'서 씨입니다.'

'나는 당국공 이연이다. 도탄에 빠진 백성을 구할 것이니 나를 따라라. 너를 통해서 천하를 평안하게 할 것이다.'

함께 나라를 세웠었던 옛 주군이자 기억이 떠올랐다.

황제가 있기 전에 태종도 있기 전의 황제였다.

당 황실을 창건했었던 황제가 백성을 위하고자 했다.

마음에 숨겨둔 탐욕이나 사가에 이름이 드높여지기를 원했지만, 단 한 번도 백성을 위하겠다는 진심이 흔들린 적이 없었다.

그때의 황제에게 충성을 바쳤던 일이 떠올랐다.

그리고 차갑게 식어진 가슴 안이 뜨거워지는 것을 느꼈다.

잃어가던 열정이 다시 불타올랐다.

누구보다 백성을 위하고자 했다.

현실에 매몰됐던 꿈을 되찾았을 때, 방문 밖에서 울려 퍼지는 목소리를 들었다.

—무공.

"……."

—나일세.

"……."

—알릴 것이 있네…….

익숙한 목소리였다.

하지만 굳어 있었다.

처음 목소리의 주인을 만났을 때는 나라를 배신한 죄인이라는 생각에 분노밖에 느껴지지 않았었다.

여전히 그 분노가 남아 있었다.

그리고 불편했다.

그를 만나기 싫었지만 어떤 말을 할지 궁금하기도 했다.

그래서 허락했다.

"들어오게, 보기……."

서로 '자'를 부르면서 격식을 차리지 않았다.

함께 태위라는 직책에 차례대로 맡았지만, 고려에서 무의미한 일이라, 직책으로도 부르지 않고 그저 예전의 기억을 떠올리면서 만나려고 했다.

문이 열리자 장손무기가 모습을 드러냈다.

동갑으로 동무이기도 한 그를 본 이적이 미간을 좁혔다.

그리고 장손무기의 표정이 몹시 어두웠다.

"할 말이라는 것이 뭔가?"

"……."

"말해 보게. 어서."

고려 병사가 문을 닫았다.

앞에 선 장손무기가 가만히 서서 몸을 떨었다.

그 모습을 이적이 보면서 기이하게 생각했다.

잠시 후 어렵게 입을 떼면서 장손무기가 말했다.

"상서좌복야께서 처형 당하셨네……."

"뭐… 뭐라고……?"

"고려의 간자를 숨겼다는 이유로써 말일세… 대역죄인

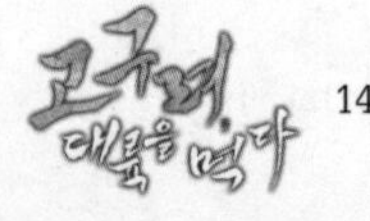

으로 몰려서 구족이 멸해졌네…….”

"……?!”

이야기를 듣고 장손무기가 벌떡 일어났다.

그의 두 손과 눈동자도 방 안에 들어온 장손무기처럼 떨렸다.

귀를 의심하면서 장손무기에게 되물었다.

“누… 누가 이야기 했나…? 혹 권오성인가? 아니면…….”

“천군이 알려줬네… 그리고 상인들 사이에서도 이야기가 파다하네.”

“상인들 사이에서도…….”

“우리와 함께 했던 동무들도 전부 휩쓸렸다네… 수십 만 호에 달하는 백성들을 포함해서 말일세.”

“세상에…….”

“남자건 여자건 할 것 없이… 관노로 삼지 않고 전부 처형당했다고 하네…….”

"……!”

장손무기의 소식을 들으면서 이적이 기막힌 표정을 지었다.

전에도 그런 일이 있었다.

하지만 그때는 삼족을 처벌하는 것이었다.

함께 나라를 세웠던 공신들에게까지 미치는 일이 아니었으니, 구족이 멸해지는 일은 그야말로 온 역사를 뒤져도 몇 번 나올까 말까한 일이었다.

폭군이 다스리는 시대에나 벌어질 법한 일이었다.

그리고 우지녕이 죄인이 되었다는 말에 황당함을 느꼈다.

"상서좌복야께서 죄인이 되셨다니… 결코 대당국을 배신할 위인이 아닌데……."

당혹스런 반응을 보이면서 이적이 말하자 장손무기가 분기를 드러내면서 이야기했다.

"자네가 말한 대로이지 않겠나……."

"내가 말한 대로라고……?"

"죄가 없는데 대역죄인으로 몰린 것일세."

"뭐라고?"

"상서좌복야와 연을 맺은 대신들이 누구인지 기억하게……."

"……."

"황후마마께서 황후 위에 오를 때 반대했었던 대신들이 상서좌복야와 연을 맺었었네. 나와 하남군공을 포함해서 말일세… 날 없애기 위해서 고려와의 전쟁을 이용했듯이, 동지들을 없애기 위해서 진랍과의 전쟁을 이용했네."

"……!"

장손무기의 이야기를 듣고 미처 깨닫지 못한 진실을 알게 됐다.

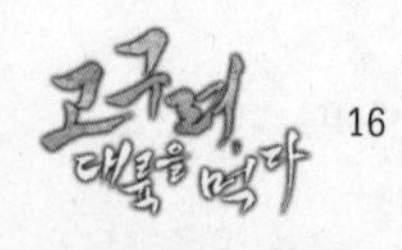

고려와 전쟁을 치를 때마다 대역 죄인들이 나타났었다.

그리고 대역죄인들에게 공통점이 있었으니, 그들은 권력을 손에 쥔 황후에게 맞섰던 자들이었다.

자신은 맞서지 않았지만, 함께 나라를 세우고 백성과 황실을 위했던 동지들이 숙청을 당했었다.

그 사실을 깨달으면서 떨리는 목소리로 장손무기에게 물었다.

"허면… 자네와 상서좌복야와 하남군공을 치기 위해서……."

눈물을 흘리면서 장손무기가 대답했다.

"백성들을 피 흘리도록 만든 것일세. 10만이든지, 100만 이든지 말일세… 나도 백성들을 죽인 죄인이지만 무 황후는 그야말로 악녀일세… 1천 만 명을 죽여서라도 원하는 것을 손에 넣을 것이네… 황후에게 우리가 당했던 것이네… 흐흐흑… 흐흑……."

"이… 이럴 수가……."

순간적으로 다리의 힘이 풀려버렸다.

바닥에 주저앉으면서 허망함이 밀려들었고 자기도 모르게 눈물이 흘렀다.

황후의 실체를 깨달으면서 그녀가 벌였던 짓들이 떠올랐고, 전쟁에서 패했을 때마다 무슨 일이 있었는지를 떠올렸다.

철저하게 황후의 정적이 제거되는 결과로 이어졌었다.

그리고 백성들이 희생당했고, 황후의 조언을 받았던 황제가 하늘의 이치를 숨기려 했다.

그때도 백성들이 죄인으로 몰리면서 도륙 당했다.

그래도 황실을 위한다는 이유로 황후를 존중했었지만, 이제는 더 이상 그럴 수 없었다.

미천한 자와 구분되길 원하고 스스로가 오만해도, 나라의 근간이 되는 백성을 지키려 한 것은 변함이 없었다.

문제의 원인을 없애야 했다.

눈물을 닦으면서 이적이 장손무기에게 말했다.

"이보게. 보기……."

"말하게……."

"대당국으로 돌아갈 수 있도록 고려 우의정에게 청해 보겠네. 어떤 대가를 치러서라도 말일세. 자네는 힘들겠지만, 나는 돌아가서 폐하를 알현할 수 있네. 그리고 황후의 악행을 폐하께 말씀 드리면 분명히 폐하께서도……."

자를 부르면서 이적이 장손무기에게 말했다.

그리고 그의 이야기를 듣다가 장손무기가 미처 전하지 못한 소식을 알렸다.

"폐하께서 붕어하셨네."

"뭐?"

"폐하께서 붕어하셔서, 태자 위에 오르셨던 황자마마께

서 황제 위에 오르셨네. 그리고 황후가 태후 위에 올라 청정을 행하게 됐네."

"……?!"

"더 이상, 우리가 꿈꿨던 대당국은 돌아올 수 없네."

충격적인 사실이 전해지면서 이적의 눈이 번쩍 떠졌다.

나라를 창건 시절로 되돌릴 수 있는 유일한 기회였다.

그 기회가 사라진지 오래였으니, 두 사람이 세운 나라조차 더 이상 남지 않았다.

대당국이라는 껍데기를 뒤집어쓰고 있었지만 타국과 다를 바 없었다.

이미 무씨의 여인이 온 나라를 집어삼킨 상황이었다.

오직 백성만이 그들에게 남아 있었다.

때문에 그들이라도 구해야 했다.

"그래도 천군을 만나겠네. 그 자만이 우리에게 희망을 줄 수 있네."

주저앉았지만 다시 일어나서 방을 나섰다.

그리고 유일한 희망을 품으면서 나아가기 시작했다.

그것은 지키고자 했던 백성을 위하는 일이었다.

이적과 장손무기가 하늘에 약조하다

모든 이들이 잠든 시각이었다.

말할 것이나 부탁할 것이 있으면, 숙면을 취한 후에 아침에 와서 할 법한 일이었다.

하지만 시간을 지체하지 않았고 더 늦기 전에 천군의 집에 찾아왔다.

군사들의 호위를 받으면서 이적과 장손무기가 찾아왔으니, 서재에서 일을 보던 오성이 하던 것을 멈추고 별채에서 두 사람을 맞이했다.

탁자 위로 나한이 가지고 온 차가 놓였다.

"고마워."

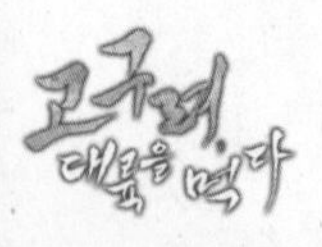

"아닙니다! 어르신!"

차를 준비해준 하인에게 천군이 감사함을 보였다.

장손무기와 이적이 지켜보면서 천군이 어떤 인물인지 다시 깨달았다.

차를 가지고 왔던 하인과 하녀들이 나간 뒤 문이 닫혔고, 별채 안팎으로는 창검과 소총으로 무장한 군사들이 지키고 있었다.

삼엄한 경계 속에서 천군이 두 사람에게 손을 내밀었다.

"드십시다. 일단 한 모금 마시고 이야기 하겠습니다."

천군의 말에 이적과 장손무기가 서로 시선을 주고받았다.

그리고 차를 마셨다.

목을 축인 후에 두 사람이 찾아온 용무에 대해서 천군이 물었다.

"무슨 일로 왔습니까? 그것도 자정을 앞둔 시간에 말입니다. 이 늦은 시간에 내 집에 찾아온 일이 범상치 않게 여겨집니다만?"

오성이 용무를 물었고 다시 이적과 장손무기가 시선을 주고받았다.

고려 말이 가능한 장손무기가 이적과 합쳐진 뜻을 오성에게 전했다.

"당국으로 돌아갈 수 있기를 원하오."

"당나라로 말입니까?"

"백성들이 죽어가고 있소. 그리고 황제 폐하께서 붕어하신 뒤, 어리신 황제 폐하를 앞세워 태후 위에 오른 황후가 권력을 부릴 것이오. 이는 고려에 좋지 못한 일일 것이오. 황후 때문에 고려와 백성들이 몇 번이나 위험해졌으니까 말이오. 돌아가서 황후의 권력에 맞서는 자들을 모으려고 하오."

"……."

"상서좌복야의 구족이 멸해지고, 우리 동지와 동무들이 처형당했지만 분명히 우리와 함께 할 동지와 백성들이 있소."

장손무기의 이야기를 오성이 차분하게 들었다.

머릿속으로 두 사람의 생각한 바를 읽으려고 했다.

'뭐, 당나라 입장에서는 충신이니까. 저 두 사람이 당 고조와 함께 나라를 세울 때도 분명히 백성을 위해서 나라를 세웠을 거야. 역사에 이름을 날리려는 욕심도 분명히 있지만 말이지. 어쩌면 당나라를 바로 세우려고 할 수도 있어.'

장손무기와 이적이 원하는 소망을 판단했다.

동시에 머릿속에서 일어나는 문제들이 있었다.

'측천무후를 쳐서 두 사람이 섭정을 벌일 수도 있다. 혹은 어린 황제까지 끌어 내리고 종친 중에서 황제가 될 수 있는 인물을 보위에 올릴 수도 있어. 그러면 당나라는 어

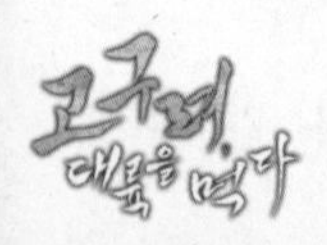

떻게 되지? 우리와 맞서는 나라가 될까? 아니면…….'

고민하다가 진짜 문제를 깨달았다.

'아니야. 당나라가 바로 세워지는지 세워지지 않는지가 중요한 게 아니지. 중요한 것은 자기들이 세상의 중심이라고 여기는 그놈의 중화주의가 문제야. 온갖 거짓말이 거기에서 나오니까.'

결론을 내렸다.

'어떤 식으로든지 당나라는 유지될 수 없어. 우리가 진실을 알릴 거니까. 백성들에 대한 첫 번째 학살은 당 황실의 거짓 정통성 때문이었고, 두 번째 학살은 측천무후의 권력욕 때문이었어. 측천무후든 황실이든 백성들의 분노를 피하기는 힘들어!'

고려가 추구하는 방향과 두 사람의 소망이 달라질 수 있었다.

때문에 선택을 해야 했다.

당 태후를 무너뜨리기 위해서 두 사람을 이용할지 말지를 고민했다.

하지만 가장 고려되어야 하는 것이 있었다.

'진실이 우선이다! 받아들일지 말지는 두 사람의 선택이야! 이 두 사람 말고도 함께 할 수 있는 사람은 얼마든지 있다!'

결단하면서 차물로 목을 한 번 축인 뒤 말했다.

"돌아가서 진실을 전할 수 있겠습니까?"

"진실이라고 말이오?"

"당 황제가 거짓 정통성을 위해서 백성을 죽였다는 사실을 말입니다."

"……."

"세상의 중심이라는 거짓 정통성 때문에 전쟁이 일어나고 막대한 희생이 일어났습니다. 그리고 당 태후가 거짓 정통성을 세운 황실을 이용해서 권력을 잡은 상태이고 말입니다."

"……."

"그런 진실을 백성들에게 모두 밝히는 것을 감수하겠습니까?"

오성이 두 사람에게 제안했다.

장손무기가 입을 다물자 곁에 있던 이적이 무슨 말이 있었는지를 물었다.

"뭐라고 했나?"

이적의 물음에 장손무기가 알려줬다.

그리고 이야기를 듣고 이적의 미간이 잔뜩 좁혀졌다.

장손무기가 이적에게 의견을 물었다.

"어찌할 것인가?"

그의 물음에 이적이 고민하다가 고개를 끄덕였다.

이적의 뜻을 포함하여 장손무기가 오성의 제안을 받아들

였다.

"그리 하겠소. 허면, 우리를 당국으로 보내줄 것이오?"

당나라에 갈 수 있는지 장손무기가 물었고 오성이 대답했다.

"두 가지 조건이 더 있습니다."

"어떤 조건들을 말이오?"

"우선, 백성으로부터 정통성을 구하는 것입니다."

"백성으로부터……."

"만약, 백성들이 당 황실을 인정하지 않는데, 두 분이 황실을 지키려고 한다면, 그땐 백성을 지키겠다는 다짐이 무색해지게 될 겁니다."

"……."

"황실을 지키기 위해서 백성을 죽여야 할 테니까 말입니다. 그렇게 지켜지는 황실은 반드시 그릇된 정통성을 찾으려고 할 겁니다. 그리고 수나라와 지금의 당 황실처럼 변질되는 것을 우리는 결코 두고 보지 않을 겁니다. 이것이 무엇을 뜻하는지 아실 겁니다."

장손무기가 귀담아 들었다.

이적이 다시 장손무기에게 내용을 물었고, 오성이 말 한 바를 들었다.

그리고 그가 직접 오성에게 물었다.

"만약, 백성들이 황실을 인정해주면 어떻게 되는가? 우의정이 말한 대로 우리가 모든 진실을 알리고 나서도 백성들이 인정해주면, 황실을 인정해줄 것인가?"

장손무기가 통역해주면서 뜻을 전달해줬다.

그 말을 듣고 오성이 고개를 끄덕였다.

"얼마든지 인정해줄 겁니다. 그것이 얼마나 어려운 일인지 알고 있으니까 말입니다."

"……."

"민심을 얻는 방법에 관해서는 거짓말만 하지 않으면 얼마든지 지지해드리겠습니다."

"천군의 지지인가?"

"태왕 폐하께서 지지해주실 것입니다. 외교에 관한 전권이 제게 허락되어 있으니까 말입니다. 제가 드리는 말씀이 곧 태왕 폐하의 말씀입니다."

천군의 이야기를 전해 듣고 이적이 고개를 끄덕였다.

그에게 통역해줬던 장손무기가 다시 오성에게 물었다.

"허면, 세 번째 조건은 무엇이오? 두 가지가 더 있다고 내게 말했었소."

남아 있던 마지막 조건이 뭔지 물었고 이내 오성이 세 번째 조건을 알려줬다.

"요서와 산동을 비롯한 고려의 고토를 돌려주는 것입니다."

"고려의 고토……."

"우리 고토뿐만이 아니라, 당나라가 앗아갔던 모든 땅을 본래의 주인에게 돌려줘야 합니다. 돌궐과 월족, 강족의 땅을 말입니다. 당나라가 지배하는 여러 족속의 땅을 돌려주는 것으로써, 백성이 주는 정통성을 얻게 될 겁니다."

세 번째 조건을 장손무기가 들었다.

담담한 그의 표정과는 달리 이적이 그의 통역을 들으면서 미간을 좁혔다.

그리고 장손무기를 통해서 오성에게 물었다.

"무조건적으로 땅을 돌려줘야 하는 것인가?"

오성이 되물었다.

"돌려주기가 싫습니까?"

"싫은 것은 아니고, 월족 때문에 묻는 것이다. 우리 백성이 아닌 돌궐과 강족과는 달리 월족은 오랫동안 우리 백성이니까 말이다. 혹, 우의정이 뜻하는 바가 당국과 월족의 분리라면……."

이적이 대답하면서 다시 묻자, 오성이 정리해서 알려줬다.

"백성의 뜻대로 합니다."

"백성의 뜻대로……."

"대신, 명백한 사실을 알려줘야 할 겁니다. 월족이 본래 당나라 백성이 아니었다는 사실을 말입니다."

"……."

"그렇게 하고서도 백성들이 함께 하길 원한다면 그것은 곧 하늘의 뜻입니다. 그 뜻을 우리는 얼마든지 존중할 겁니다."

오성의 답변을 듣고 이적이 고개를 끄덕였다.

그와 장손무기가 이해하고 모든 것을 받아들이자 오성이 정리해서 한 번 더 이야기했다.

"말씀 드렸듯이 세 가지 조건을 지켜주신다면 당나라로 보내드릴 수 있습니다. 그리고 서명으로 약조를 남겨주셔야겠습니다. 그래야 최소한의 신뢰라도 지킬 수 있으니까 말입니다. 백성을 위한다면 마땅히 우리가 도울 것입니다."

진실을 알리는 확고한 증거가 필요했다.

그래야 언제든지 사람이 변심하더라도 사실과 역사와 진리가 지켜질 수 있었다.

다음 날 천군이 3장에 이르는 약조문을 준비했다.

이적과 장손무기가 다시 천군의 집을 방문했다.

그리고 별채에서 약조문을 읽었으니, 그들이 맺을 맹약이 첩지 안에 단정하게 써져 있었다.

[일. 대당국이 천하의 중심이 아니라는 진리를 백성들에게 가르친다.

이. 지구의 자전과 공전, 달의 공전, 일식과 월식의 원리를 백성들에게 가르친다.

삼. 하늘의 뜻을 받든다는 당 황실 정통의 거짓을 백성들에게 밝힌다.

사. 거짓말이 들키는 것을 막기 위해 고종 황제가 백성들을 죽인 사안의 진실을 백성들에게 밝힌다.

오. 태후 무조의 권력을 무너뜨린 뒤, 황실의 존치는 백성들의 뜻을 따른다.

육. 임유관을 경계로 북동 요서와 태산 동쪽의 땅을 고려국에게 돌려준다.

칠. 황하와 장강 유역 외 지역의 백성들에게 황하 장강 조정의 백성으로 남을 것인지 문의한다.

팔. 황하와 장강 유역 외 지역의 백성들이 분리를 원하면 그 뜻을 존중한다.

구. 황하와 장강 유역 외 지역의 이민 족속에게 그들의 본래 땅을 돌려준다.

십. 위 아홉 개 약조를 고려국이 정치, 군사적으로 보증한다.]

약조문을 채우는 한문을 한 자 한 자씩 읽었다.

10개의 약조를 읽으면서 오해와 오역이 존재할 수 없다고 여겼다.

그리고 모두 읽어 내린 후에 심호흡을 했으니, 약조문을 읽은 이적과 장손무기에게 오성이 말했다.

"아래에 보면 알겠지만 수결란이 있습니다. 약조문의 내용에 동의한다면 수결을 써 넣으십시오. 고려를 대표하는 저도 수결을 새겨 넣을 것입니다. 이를 통해 약조문에 써져 있는 것들을 이룰 것입니다."

오성의 이야기를 듣고 장손무기와 이적이 다시 약조문을 보았다.

약조문을 보면서 여러 감정들을 느꼈다.

국력이 막강해진 고려의 도움을 얻을 수 있는 길이었지만, 자신들이 애써 세웠던 나라가 무너질 수도 있었다.

그러한 미래를 감수해야 했다.

'백성을 구해야 한다! 나라가 무너지더라도 말이다! 지금은 이 길밖에 없다!'

황실이 지켜지기를 바랐다.

하지만 그 바람은 자신들이 노력한다고 해서 이뤄지는 일이 아니었다.

부디, 하늘의 뜻이 당 황실과 함께 하기를 소원할 뿐이었다.

떨리는 손길로 준비된 먹물 위로 붓을 적셨다.

그리고 약조문 아래에 수결을 써 넣었다.

천군도 수결을 새겨 넣었고, 세 사람이 약조문을 서로 넘기면서 차례대로 수결을 새겨 넣었다.

그렇게 맹약이 이루어졌다.

"이제, 두 분을 당나라로 보내드리겠습니다. 그리고 우리가 두 분을 돕겠습니다."

천군의 이야기를 듣고 장손무기가 대답했다.

"고맙소."

그로부터 며칠 지나지 않아서였다.

창궐하다

고려군의 호위를 받는 저택이었다.

저택 문 입구에 단정한 옷차림을 한 노인이 서 있었다.

그리고 그 앞으로 노인의 자식이 서서 표정을 굳히고 있었다.

수레와 군사들이 출발할 준비를 마쳤고, 떠나려는 아비에게 자식이 인사하지 못했으니, 시선을 피하는 자식을 보면서 노인이 물었다.

"걱정이 되느냐?"

장손무기가 자식인 장손환에게 물었다.

그리고 장손환이 어렵게 아비와 시선을 맞추면서 이야기

했다.

“예. 아버지. 차라리 소자가 가겠습니다. 하오니…….”

장손환이 아비를 걱정하는 마음을 드러내면서 말했다.

그의 말에 장손무기가 고개를 가로저었다.

“네 마음을 안다.”

“아버지…….”

“하지만 내가 가야 한다. 아비가 가야 백성을 구할 수 있으니까 말이다. 그리고 고려가 도와줄 것이니 크게 걱정하지 마라. 아비에게 위험한 순간이 오도록 만들지 않을 것이다.”

아버지인 장손무기의 이야기를 듣고 어렵게 대답했다.

“예. 아버지…….”

머리를 숙인 채 흐느꼈다.

당나라는 조국이었지만 사지와 다를 바 없었다.

그런 곳으로 돌아간다고 하니, 다시 아비를 만날 수 있을까 했다.

그저 돌아가는 아비에게 엎드려 절하면서 인사를 올릴 뿐이었다.

“부디, 강건하시옵소서. 아버지.”

“그래. 다시 만날 때까지 너도 강건해야 할 것이다.”

“예. 아버지.”

일어선 자식의 어깨를 두드려줬다.

그리고 며느리들과 손자 손녀들을 확인했다.

함께 고려에 온 식구들의 얼굴을 한 번씩 본 뒤, 돌아서서 준비 된 수레로 향했다.

이미 이적이 다른 수레에 탄 상태였다.

그렇게 식구들의 인사를 받으면서 저택에서 떠났다.

군사들의 호위를 받으면서 삼화에 이르렀고, 고려에서 준비해준 상선에 올랐다.

그 상선이 돛을 펼치면서 고려에서 떠났다.

멀어지는 상선을 삼화 수영에서 오성이 지켜보고 있었다.

성벽 위에 서 있는 오성의 뒤로 백발의 장수가 다가왔으니, 그는 양만춘이었다.

어깨를 나란히 하면서 함께 멀어지는 상선을 보았다.

그리고 수평선에 상선이 걸렸을 때 오성에게 말했다.

"백성을 구하기 위해서 떠났군."

"예. 좌의정 어르신."

"황실에 목숨을 걸 줄 알았는데, 백성에게 목숨을 걸다니……."

"아직, 당나라가 세워진지 100년이 지나지 않았기 때문일 겁니다."

"100년이 지나면 달라지는가?"

"백성을 위해야 한다는 생각보다 황제와 황실을 위해야

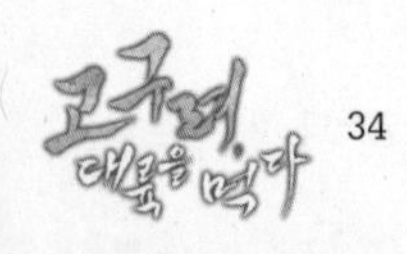

한다는 생각이 강해지니까 말입니다. 좋게 말하면 나라의 기틀이 잡힌 것이고, 나쁘게 말하면 물이 고인 것입니다. 백성을 위한다는 초심도 대가 지나면 달라질 수 있습니다."

오성의 이야기를 듣고 양만춘이 고개를 끄덕였다.

그리고 그의 이야기로 말미암아 고려의 미래가 궁금해졌다.

"100년이 지난 고려의 미래는 어떻게 될 것이라고 보나? 자네가 말한 대로 우리 후손들이 백성이 아닌 태왕실을 위해서 충성을 바칠 것이라고 보는가?"

양만춘의 물음을 듣고 오성이 미소를 지었다.

"우리들도 폐하께 충성을 바칩니다. 그리고 폐하께서 백성을 위하시고 말입니다. 때문에 저희들도 폐하의 뜻을 받들어 백성을 위하는데, 당나라와 고려의 사정은 좀 많이 다릅니다."

"어떻게 말인가?"

"어디에서부터 정통성을 찾느냐 입니다. 천자라 칭하는 황제는 하늘에서 정통성을 찾으려고 하지만, 태왕 폐하처럼 백성들과 신뢰 속에서 정통성을 구하십니다. 그 가르침은 당연히 대를 이을 것이고, 전자는 오만함을, 후자는 겸손을 얻을 것입니다. 백성과 좋은 관계를 이루려면, 백성의 눈높이를 알면서 맞춰야 하니까 말입니다. 그 가르침이 계속 이어질 겁니다.”

그 말에 양만춘도 미소 지었다.

후손들이 선조들의 초심을 잃지 않을 것이라고 믿음을 가졌다.

그렇게 내일을 상상하면서 기대했다.

그리고 삼화에서 들어온 소식에 관해서 오성에게 물었다.

“직접 삼화에 온 이유가 부영을 통해서 들어오는 첩보 때문이었지.”

“예. 좌의정 어르신.”

“이엽과는 연락이 되었는가?”

질문을 받고 오성이 고개를 끄덕였다.

“연락 되었습니다.”

“허면, 언제 당나라에서 빠져나오는가?”

“적이 가장 허술해졌을 때 빠져 나올 겁니다. 날을 특정해서 감행하기보다, 당나라 사정을 더욱 잘 아는 요원들의 판단에 맡겼습니다. 때문에 어느 날 갑자기 고려에 와 있을 수도 있습니다. 세무사와 함께 말입니다.”

“이엽이 고려에 오면, 우지녕의 무고함이 밝혀지겠군.”

“민심이 요동칠 겁니다. 그것도 거칠게 말입니다. 태후라면 백성들의 분노를 다른 사람에게 돌리려고 하겠지만 결국 자신에게 날아드는 분노를 막지 못할 겁니다. 어쩌면

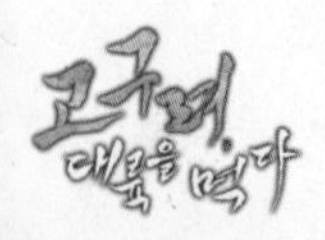

더 많은 피가 당나라 땅에 뿌려질 수도 있습니다."

천군의 예언에 양만춘이 고개를 끄덕였다.

태후의 성정을 짐작했을 때, 죽은 황제보다 더 했으면 더 했지, 덜 하지 않을 것이라고 생각했다.

교활하게 백성들을 이용하고 죽일 것이라고 생각했다.

그렇게 당나라의 미래를 상상하고 있을 때 오성이 그에게 물었다.

"그런데, 삼화에 오실 줄은 몰랐습니다. 평양에서 군정을 살피시는 것으로 알고 있었는데, 혹시 삼화에 급한 일로 오셨습니까? 아니면……."

평양에 있어야 할 양만춘이 삼화에 와서 어깨를 나란히 하고 있었다.

달리 일이 있을 것이라고 생각했다.

그리고 그 일은 예정되지 않았던 일이라고 생각했다.

오성의 물음에 양만춘이 이야기했다.

"자네를 만나기 위해서 왔네."

"저를 말씀입니까?"

"그래. 속히 알려야 될 소식이 있어서 말일세. 중요한 소식이라서 전령을 보내지 않고 직접 왔네."

중요한 소식이 있는 듯했다.

때문에 좌의정이나 되는 사람이 삼화까지 온 듯했다.

그의 막중한 분위기가 오성에게 전달 됐고, 오성이 조심스럽게 양만춘에게 물었다.

"어떤 소식입니까?"

오성의 질문에 양만춘이 무겁게 대답했다.

"동조선에서 역병이 창궐했네. 그래서 자네에게 속히 알리려고 왔네. 자네의 혜안과 지혜가 필요하네."

대답을 듣고 오성의 미간에 깊은 골이 새겨졌다.

멀리 북소리가 들리고 있었다.

북소리에 시선이 끌려갔다.

훈련을 준비하는 수군 전선들을 봤고, 삼화를 오가는 상선들을 봤다.

포구에 정박한 상선에서 상인들이 승하선을 하고 있었고, 그중엔 피부색과 눈동자색이 다른 상인들도 있었다.

천하의 중심은 없었지만 교역의 중심지는 분명히 존재했다.

온 세상의 물산이 고려로 모이고 있었다.

그리고 온 족속과 나라의 상인들도 고려로 향하고 있었다.

고려의 온 포구가 교역지였다.

또한 옛 백제와 신라, 일본으로 불렸었던 곳의 포구로도 상인들이 찾았다.

새로운 문물을 확보하기 위해, 혹은 돈을 벌기 위해서 고려를 방문하고 있었다.

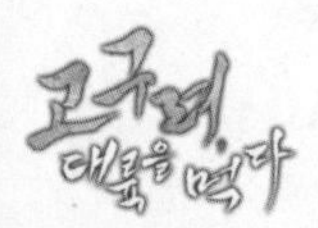

까무잡잡한 피부를 가진 상인들이 포구에서 하선했다.

상선에서 화물을 내렸고 철 수레 위로 화물들을 올린 후 수레 위에 올라탔다.

그리고 말을 몰았다.

해안에서 떨어진 내륙의 고을이 그들의 목적지였다.

길을 가던 중에 먼 나라에서 온 상인이 배를 어루만졌다.

"윽……."

"왜 그래?"

"배가 또 아픈데……."

"또?"

"잠시만 수레 좀 세워 줘. 잘못하면 여기서 쌀 것 같아."

"알았어. 잠시만 기다려."

친우의 요청에 수레를 몰던 상인이 즉시 멈춰 세웠다.

그러자, 배를 만지던 그의 친우가 급히 수레에서 뛰어 내렸고, 주위를 돌아본 후에 가까운 냇가로 달려갔다.

냇가 풀숲에 들어가서 바지를 내렸고 이내 쪼그리고 앉아서 배에 들어가 있던 힘을 뺐다.

"어흑. 어어……."

뱃속을 채우던 무언가가 폭포수가 되면서 빠져 나갔다.

그리고 복통이 사라졌으니, 까무잡잡한 피부를 가진 상인이 만족감을 느꼈다.

가까운 풀을 뜯어서 뒤처리를 했다.

일어나서 다시 바지를 올려 입고 주위를 돌아보았다.

"아이고, 여기가 위쪽이었네……."

냇물이 흐르는 방향 아래에서 빨래를 하는 여인들이 보였다.

그리고 여인들의 곁에 아이들이 있었다.

그들을 보다가 상인은 조용히 걸음을 옮겨서 없었던 것처럼 행동했다.

다시 수레 위에 올랐고, 길을 따라 목적지가 되는 고을로 향했다.

가는 동안 몇 번의 변을 더 보았고, 며칠이 지난 후에 백성들의 신음이 울려 퍼지기 시작했다.

여인이 용변을 보고 배를 잡으면서 쓰러졌다.

"으윽……."

"여보? 여보? 왜 이러오?"

"우윽……."

"여보?!"

농기구를 살피던 백성이 당황하면서 부인의 몸을 살폈다.

쓰러진 부인의 혈색이 어두워졌고, 그런 부인의 몸을 붙들면서 백성이 다급히 외쳤다.

그리고 그의 아이마저도 용변을 보고서 쓰러졌다.

"우엑~"

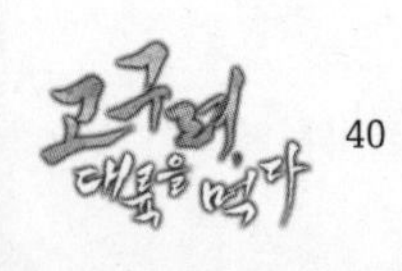

"시호야! 시호야!"

어미와 똑같은 증상을 보이면서 쓰러졌고, 쓰러진 상태에서 진물과 같은 변을 흘렸다.

그 모습이 기괴했고 불길했다.

그저 쓰러진 부인과 여식을 붙든 백성의 다급한 외침만 울릴 뿐이었다.

그리고 그와 같은 백성들이 마을마다 십여 명 씩 생겨나기 시작했으니, 즉시 관아로 보고되어 말을 탄 전령이 출발했다.

급히 달려서 포구에 이르렀고, 포구 곳곳에 쓰러진 사람들을 보면서 눈을 동그랗게 떴다.

"뭐… 뭐야, 이건?!"

역병의 기운이 온 세상을 채우고 있었다.

새하얗게 질린 백성들의 얼굴이 눈에 보였다.

백성들이 관아의 진료소로 가기 위해서 힘겹게 걷고 있었고, 그들 중에서 변을 흘리지 않는 자가 없었으니, 그 모습이 그야말로 기괴했다.

팔 다리를 늘어뜨린 자식을 품에 안은 여인이 보였다.

"아아……."

자식을 잃어 정신이 나간 듯 했다.

그런 광경을 전령이 보고 입술을 질끈 물었다.

이내 연락선 위에 몸을 실었고, 바다 건너 거칠산에 이르렀다.

그리고 거칠산에서 평양으로 빠르게 소식이 전해졌다.

지쿠젠을 중심으로 한 동조선에서 역병이 창궐했고, 수백 넘는 백성들이 쓰러져서 목숨을 잃었다.

그 수가 차츰 늘고 있었다.

삼화로 가 있던 오성이 급히 부름을 받았다.

그리고 안학궁 편전에서 태왕을 만나고 연개소문을 만났다.

상석에 태왕이 앉아 있던 가운데, 미리 보고를 받았었던 연개소문이 전령이 올린 공문을 오성에게 넘겨줬다.

오성이 공문을 읽는 동안 연개소문이 이야기했다.

"물 변이 쏟아져 나온다고 합니다."

"설사를 말씀입니까?"

"그리고 갈증을 많이 느낀다고 하더군요. 갈증 때문에 물을 마시면 여지없이 물 변이 쏟아져 나오면서 기력을 잃는다고 합니다. 심하면 쌀뜨물 같은 물 변이 쏟아지기도 한다는데, 혹시 우의정이라면 알고 있습니까? 우린 여태 목격한 적 없는 역병입니다. 단순한 괴질은 아닌 것 같습니다."

입꼬리가 올라가 있는 듯했지만, 뭔가 표정이 굳어 있었다.

역병이 창궐하고 백성이 숨지는 상황에서 연개소문이 근

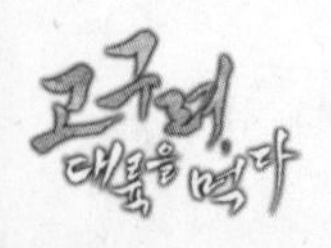

심을 드러내면서 오성에게 물었다.

이어 상석에 앉아 있던 태왕인 무거운 목소리로 물었다.

"알고 있는가?"

그의 질문을 듣고 오성이 손에 든 보고문을 내려놓았다.

"알고 있습니다."

대답을 듣고 고보장이 다시 물었다.

"어떤 질병인가?"

그리고 대답을 들었다.

"콜레라입니다."

"콜레라……."

"걸리면 둘 중 하나는 반드시 죽는 병입니다. 그리고 수천만 명이 콜레라에 의해서 목숨을 잃었습니다."

천군의 증언에 태왕의 눈동자가 떨렸다.

공기가 한없이 무거웠고, 마치 발 아래에 깔려 있는 듯한 느낌을 받았다.

숨을 쉴 수 없을 만큼 심한 압박을 받았다.

치료법을 밝히다

보고문을 읽는 순간 곧바로 떠오르는 질병이 있었다.

'뭐야, 이거? 설마 콜레라야? 이 시대에 콜레라가 창궐할 수 있나…? 분명히 19세기가 되어서야…….'

잠깐의 의문을 품었었다.

당장 일어날 수 없는 질병이라고 생각했었다.

하지만 질병을 일으키는 원인은 처음부터 인류와 함께 해왔었다.

사실을 깨닫고 자신의 생각이 편견이라는 것을 알았다.

'대유행은 19세기이지만, 훨씬 전부터 역사에 기록 되어 왔던 질병이야. 그리고 내가 아는 고구려와 지금의 고려는

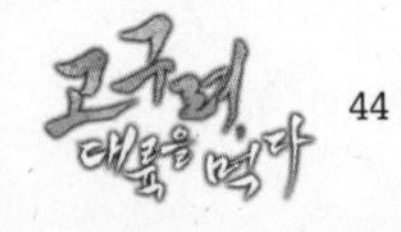

완전히 달라. 전 세계의 상인들이 목숨을 걸고서라도 고려에 오는 상황이니까. 때문에 콜레라도 빨리 창궐하게 된 거야.'

인류 역사에 이름을 남긴 질병들을 몇 가지 알고 있었다.

그중 한 가지는 '흑사병'이었고, 또 한 가지는 '천연두'였다.

그리고 '스페인 독감'과 '소아마비' 같은 질병도 있었다.

그러한 질병들 중에서도 근대에 강렬하게 이름을 새긴 병이 있었으니, 그 병은 '콜레라'였고 조선에서는 '호열자'라고 불렀었다.

콜레라에 관한 지식을 오성이 떠올렸다.

어떤 병인지 묻는 태왕의 물음에 답하고 다시 질문을 받았다.

"수천만 명이 목숨을 잃은 역병이라고?"

"예. 폐하."

"둘 중 하나가 죽는 역병이라니… 어떻게……."

충격 속에서 목소리와 온몸이 떨릴 지경이었다.

태왕뿐만이 아니라 연개소문과 양만춘도 눈이 번쩍 뜨인 상태로 오성의 대답에 큰 충격을 받았다.

그들의 긴장과 두려움이 눈에 선하게 보였다.

오성이 그들에게 괜한 두려움을 주었다는 생각을 했다.

차분한 말투로 세 사람의 오해를 거두고자 했다.

"치료법을 몰라서 벌어진 일입니다."

"몰라서 벌어진 일이라고……?"

"예. 폐하."

"그 말인 즉, 우의정은 알고 있다는 말인가?"

"예. 알고 있습니다."

"오오… 세상에……."

"하지만 병세가 중증으로 번진 환자들을 구하기는 어렵습니다. 그런 환자들까지 구하기 위해선 차원이 다른 의술이 필요하니까 말입니다. 지금의 고려로서는 역부족입니다."

오성의 이야기를 듣고 고보장이 가슴을 쓸어내렸다.

그러면서 모든 환자들을 살릴 수 없다는 말에 경계심과 긴장을 계속 유지했다.

연개소문과 양만춘도 똑같은 감정을 느꼈고 깊게 숨을 몰아쉬었다.

그리고 양만춘이 대신해서 오성에게 치료법을 물었다.

"어떻게 하면 콜레라를 치료할 수 있는가?"

그의 질문을 듣고 오성이 대답했다.

"설탕이 더해진 소금물입니다."

"설탕이 더해진 소금물이라고?"

"설명해드리기가 상당히 복잡한데, 신체의 7할은 물로 이뤄져 있습니다. 당장 피만 보더라도……."

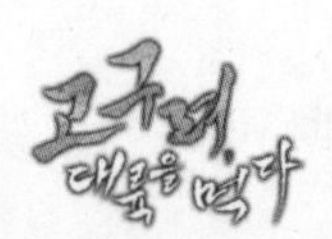

"액상이긴 하지. 콧물이나 눈물, 침까지 말일세."

"몸을 구성하는 재질에 반드시 수분이 필요합니다. 그리고 그 수분이 대장에서 흡수됩니다. 그리고 대장에서 수분이 흡수되는 원리는 삼투압에 의한 원리인데, 이 원리가 좀 복잡합니다."

"……."

"나트륨이라는 단어가 있는데 이해하시기 쉽도록 염분이라고 말씀 드리겠습니다. 염분 농도가 짙은 곳으로 수분이 더해지는데, 우리 신체의 염분 농도가 짙어지면 대장의 물 흡수력이 높아집니다. 반대로 염분 농도가 낮아지면……."

"물 흡수가 이뤄지지 않겠군."

"콜레라는 먼지보다도 작은 벌레, 균에 의해서 걸립니다. 콜레라균이 대장에서 자리를 잡고 독소를 뿜어내면, 몸속의 염분이 대장으로 빠져나가 물도 빠지게 됩니다."

"자네가 말한 삼투압에 의해서 말인가?"

"물 흡수는 안 되고 몸의 물까지 빠져나가기 때문에 물변이 쏟아져 나오는 것입니다. 그래서 소금물이 필요합니다. 그리고 소금의 염분은 대장에 이르기 전에 소장에서 먼저 흡수되기 때문에, 미리 대장에서 빠져나가는 염분을 채워 넣습니다. 그러면 신체의 염분 농도가 유지되기에……."

"신체의 수분이 빠져나가는 것을 막을 수 있겠군!"

"염분 농도가 높으면 수분도 섭취할 수 있습니다. 콜레라 감염에서 회복될 때까지 말입니다. 이 원리를 몰라서 많은 사람들이 죽었습니다."

"음!"

오성의 대답을 듣고 양만춘이 주먹을 불끈 쥐었다.

삼투압에 관한 이야기를 들은 태왕이 감탄하는 표정을 지으면서 오성의 설명을 한 번 더 머릿속에서 정리했다.

그리고 연개소문이 입꼬리를 올리면서 이야기 했다.

"병세가 악화된 자는 힘들겠지만, 우의정이 말한 대로 한다면 더 이상 심각한 병자가 느는 것을 막겠군요."

"예. 어르신."

"그러면 지금 바로 지시를 내려야 할 것 같습니다."

"반드시 물을 끓여서 마시라는 지시도 내려져야 합니다."

"어째서 말입니까?"

"그 균이 물을 통해서 옮겨지기 때문입니다. 물을 끓이면, 콜레라균뿐만이 아니라 몸에 질병을 일으키는 다른 균도 죽일 수 있습니다. 그리고 콜레라균은 고려에서 갑자기 생겨난 균이 아닙니다."

"다른 나라에서 생겼습니까?"

"천축이 발원지인 것으로써 알고 있습니다. 갠지스 강이라 불리는 강에 콜레라균이 있는데, 아마도 고려에 오는 천축 상인들을 통해서 감염되었을 겁니다. 아니면 천축을 다녀온 다른 상인들을 통해서 말입니다. 치료법을 알고 있으니, 교역을 막을 필요는 없을 겁니다."

오성의 이야기를 듣고 연개소문이 고개를 끄덕였다.

그와 양만춘과 태왕에게 자신이 알고 있는 콜레라에 관한 모든 지식을 오성이 알려줬다.

치료법에 이어 발원지를 알게 되면서 역병이 어떤 경로로 창궐하게 됐는지 알게 됐다.

그 사실을 깨달았을 때 고보장에게 생각이 일어났다.

"대만이 위험하겠군."

태왕에 이어 연개소문이 말했다.

"진랍이나 스리비자야도 위험합니다. 고려보다 천축에 훨씬 가까운 나라일 테니 말입니다. 그리고 우리와 교역하는 아이누나 토번까지 모두 위험합니다. 동맹들에게 우의정이 말한 치료법과 예방법을 알려주셔야 합니다."

동맹을 챙겨야 한다는 연개소문의 말에 고보장이 고개를 끄덕였다.

그리고 오성에게 곧바로 태왕명을 내렸다.

"동맹들에게 사신을 보내 콜레라의 창궐을 알려라. 우리 백성들만큼이나 동맹의 백성들도 소중하다. 콜레라가 무엇인지 사신을 통해서 알리고, 치료법과 예방법을 알려서 동맹의 백성들이 상하지 않게 하라."

"예. 폐하."

"그리고 전국 관아에도 알려서 역병이 퍼지지 않게 하라. 동조선에 의원들을 보낼 것인 즉, 금번에 양성 된 태학의 의원들을 보낼 것이다. 그들과 함께 가서 백성들을 진료케 하고 경험하게 하라. 그리고……."

명을 내리던 중에 고보장이 잠시 멈췄다.

오성은 태왕의 명을 마저 기다렸고, 내려지는 명이 잠시 멈추자 연개소문은 태왕의 눈치를 살폈다.

잠깐이지만 태왕이 고민한 것을 알게 됐다.

그리고 고민 끝에 태왕이 명을 마무리 지었다.

"태왕녀와 함께 백성들을 위로하라. 짐을 태왕녀가 대신하도록 할 것이다. 짐이 백성들과 함께 할 것이다."

"태왕명을 받들겠습니다. 폐하."

"영의정과 좌의정은 우의정을 도우라."

"예. 폐하."

태왕명이 마저 내려졌다.

오성이 태왕명을 받들었고 일어나서 머리를 숙이면서 인사했다.

그리고 이내 편전 밖으로 나갔으니, 그 모습을 상석에 앉은 고보장이 지켜봤다.

양만춘이 오성과 함께 나갔고, 이어 연개소문이 일어나

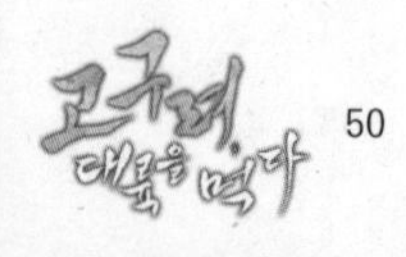

서 나가려고 했다.

그가 일어섰을 때 쓴 웃음을 지으면서 고보장이 말했다.

"크게 신경 쓰지 않는군."

고보장의 말에 연개소문이 이야기했다.

"오히려 폐하를 위해서일 수도 있습니다. 신경 쓰는 모습을 보이면 오히려 폐하께 부담을 드릴 수 있으니까 말입니다. 태왕녀마마께서도 부담을 느끼셨을 겁니다."

"이미, 부담이지. 실연을 준 사람과 함께 해야 되니까 말이다. 그만큼 짐에게는 욕심이 있다. 짐의 여식이 마음의 고통을 이겨낼 수 있는 위대한 사람이 되어주기를 말이다."

결심을 하면서 연개소문에게 말했다.

탁자로 향해 있던 고보장의 시선이 그에게로 향하자, 태왕의 눈빛을 읽은 연개소문이 그가 무엇을 생각하는지 깨달았다.

그리고 고보장도 연개소문이 자신의 뜻을 알게 되었다고 생각했다.

물러나기 전에 한 가지 당부를 전했다.

"비밀로 해 달라. 해정이 돌아올 때까지 말이다. 돌아온 후에 짐의 입으로 선포하겠다."

"예. 폐하."

"그때까지 좀 더 수고해 달라."

"알겠습니다."

태왕의 부탁을 듣고 연개소문이 머릴 숙였다.

그리고 물러났으니 편전에 고보장이 홀로 남았다.

자신이 아닌 여식으로 백성들을 위로하면서 이루고자 함이 있었다.

그렇게 고려에서 동맹국으로 사신이 보내어졌다.

전령이 출발하면서 역병이 창궐 곳에서 먼저 치료법이 전해졌다.

병에 걸리지 않는 예방법도 함께 전해졌으니, 선제 조치가 내려진 후에 천군과 태왕녀가 동행하면서 동조선으로 향했다.

삼화에서 연락선을 타고 거칠산으로 향했다.

그리고 거칠산에서 지쿠젠으로 향했으니, 섬들이 많은 대마도를 지나 넓은 바다에 이르렀을 때였다.

갑판 위에 서서 동조선 방향을 살피고 있었고, 그런 오성을 해정이 거리를 둔 상태에서 살피고 있었다.

천군과 있었던 지난 일을 떠올리고 있었다.

'죄송합니다… 마마의 고백을 받아들일 수 없습니다. 죄송합니다.'

'혹시… 용호대장 때문입니까…? 아니면 다른 여인을 스승님께서…….'

'연인입니다.'

'…….'

'그래서 마마의 마음은 고맙지만 받아드릴 수 없습니다. 죄송합니다. 태왕녀마마.'

눈을 감으면서 지난 기억을 떠올렸다.

그때 느꼈던 감정이 아직 마음에 남아 있었다.

가슴에 손을 얹고 아픈 마음을 어루만지려고 했다.

그런 해정의 모습을 곁에 있던 소정이 살피고 있었다.

"태왕녀 마마……."

소정이 안쓰러운 마음을 드러냈고, 그녀의 마음을 깨달으면서 해정이 말했다.

"괜찮다."

"하오나……."

"어차피, 이런 날이 올 줄은 알고 있었으니까… 그리고 무엇보다 아바마마를 대신해서 백성들을 보살펴야 된다. 그러니, 신경 쓰지 말거라."

"예. 태왕녀마마……."

해정의 이야기를 듣고 소정이 대답하면서 담담한 모습을 보이려고 했다.

천군이 원망스럽기도 했지만 그렇게 보지 않으려고 했다.

그가 고려를 구한 것을 알고 있었고, 그저 태왕녀가 안타까울 뿐이었다.

그렇게 함께 지쿠젠에 도착했다.

연락선의 선측이 부두에 붙여졌고 다리가 내려지면서 사람들이 하선하기 시작했다.

우의정과 태왕녀를 호위하는 군사들이 먼저 내렸다.

이어 태왕녀를 시중드는 궁녀들이 내렸고 오성이 먼저 하선하면서 부두 위를 밟았다.

그리고 해정이 소정과 함께 하선했다.

포구에서 동조선 관리들이 기다리고 있었다.

그들이 천군과 태왕녀를 보면서 머릴 숙였다.

가장 앞에 서 있는 자가 고개를 들었을 때 오성이 알아봤으니, 오성이 그의 얼굴을 알아보면서 환하게 미소를 지었다.

마중 나온 이는 '고마로'였다.

그는 동조선 총독으로 나라에 큰 공을 세워 고 씨 성을 하사 받은 인물이었다.

그리고 전에는 '사이온지 코마로'로 불렸었던 이였다.

그가 오성과 태왕녀를 맞이했고, 두 사람을 위해서 말들을 준비했다.

말을 준비하면서 그렇게 해도 괜찮은지 몇 번이나 고민했었다.

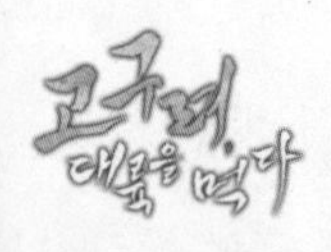

"정말로 괜찮겠습니까?"

"뭐가?"

"말을 타실 수 있다는 이야기를 들었지만 그래도 수레를……."

고마로의 걱정에 고개를 가로저으면서 오성이 말했다.

"태왕녀마마께서 말씀하셨어. 말이 더 편하시다고 말이야. 그러니까 괜찮아."

"예. 어르신."

"수레가 있으면, 그걸로 환자들을 이송해. 그것이 태왕폐하나 태왕녀마마를 위한 일이야."

"알겠습니다."

혹시 몰라서 수레를 준비했었다.

수레를 끌고 온 마부에게 고마로가 지시했고, 준비 된 말에 오성이 오르려고 했다.

그때 말 위에 오르려는 태왕녀를 봤다.

생각보다 덩치가 큰 말이었고 그 위로 태왕녀가 오르려고 했다.

소정과 궁녀들이 어쩔 줄 모르는 가운데, 군사들이 태왕녀에게 함부로 신체적 접촉을 일으키지 않으려고 했다.

그런 분위기 속에서 오성이 발걸음을 옮겼다.

말 위에 오르려는 태왕녀 곁에 서서 손을 내밀었다.

"타십시오."

"……."

오성의 손을 보면서 해정이 멈칫했다.

그런 해정을 보면서 오성이 한 번 더 이야기했다.

"도와드리겠습니다. 타십시오."

그제야 해정이 오성의 손 위로 자신의 손을 포개었다.

그의 손을 잡고 말 위에 올라탔다.

그리고 연모했던 이의 따뜻한 손길이 그대로 가슴 안까지 전해졌다.

자신의 감정이 얼굴에서 들어날까 두려웠다.

말 위에 올라탄 뒤 고개를 푹 숙이고 있다가, 똑같이 말 위에 오른 스승을 힐끔 쳐다보았다.

'스승님…….'

자신을 도와주려는 손을 보았을 때 가슴 속의 뭉침이 풀리는 듯했다.

그리고 그의 손을 잡았을 때 멈췄던 심장이 다시 뛰는 듯했다.

한 번 향한 시선이 쉽게 떨어지지 않았다.

그런 해정의 모습을 다른 수레에 탄 소정이 바라보고 있었다.

'태왕녀마마…….'

동조선 총독이 두 사람을 안내하려고 했다.

"환자들이 있는 곳으로 안내해드리겠습니다. 그리고 태

왕녀마마를 모시게 되어서 영광입니다. 절 따라와 주십시오.”

동조선 총독이 앞장서서 말을 몰았다.

그 뒤로 우의정과 태왕녀가 어깨를 나란히 하면서 말을 몰았다.

백성을 위하는 굳건한 마음과 실연의 아픔이 여전히 가슴 속에 남아 있었다.

그리고 연정이 여전히 남아 있었다.

모든 감정들을 느끼면서 백성에게 나아갔다.

어떤 풍파가 몰아닥치더라도 대의를 지키고자 했다.

사명을 품고 백성들을 위하고자 했다.

그런 태왕녀의 뒤로 고려군이 움직이고 있었다.

고해정이 칭송을 받다

백성들의 곡소리가 이어지고 있었다.

"아이고~ 이게 무슨 난리야… 여보, 괜찮아요? 그래도 아까 전보다는 물변이 좀 덜한 것 같은데……."

"으윽……."

"어휴……."

쓰러진 남자나 여자 곁에 부인 혹은 지아비가 함께하고 있었다.

혹은 자녀들이 있거나 온 가족이 드러누워 있었다.

하나같이 여태 경험한 적 없는 설사병을 경험하고 있었고 생사의 경계에 섰다가 조금씩 회복되고 있었다.

지쿠젠 내륙의 관아에 부설된 진료소에서였다.

의원들이 설사병에 걸린 백성들을 살리고 있는 가운데, 진료소 문 앞에서 술렁이는 소리가 들리기 시작했다.

모인 백성들이 진료소를 찾아온 사람들을 보면서 이야기했다.

"뭐야?"

"누가 왔어?"

"지체 높으신 분이 오신 것 같은데? 뭔가 좋은 옷을 입고 계셔."

"높은 관리께서 사람들을 이끌고 오셨어."

"누구지?"

일어날 수 있거나 걸어 다니는 백성들이 웅성거리면서 쳐다봤다.

그리고 그 중심에 평양에서 온 고관과 수행원들이 함께 하고 있었으니, 그들을 동조선 총독인 고마로가 받들고 있었다.

또한 창검과 활, 소총으로 무장한 호위군이 있었고, 통일되면서도 단정한 옷을 입은 청년들이 있었으니, 그들의 무리는 대략 100명 넘는 인원이었다.

의원들 중에서 연륜이 있어 보이는 자가 앞으로 가서 머릴 숙였다.

"합하."

"고생하는군."

"아닙니다. 합하."

"태왕녀 마마와 우의정 어르신께서 오셨네. 인사드리게."

고마로가 의원장을 맡은 이에게 알려줬다.

그 말을 듣고 의원장이 흠칫 놀라면서 고마로가 물러난 자리를 보았다.

체격이 좋은 젊은 대신 한 사람이 서 있었고, 단정한 옷을 입은 미인 한 사람이 서 있었다.

두 사람을 보며 우의정과 태왕녀라는 것을 단번에 알아차렸다.

동조선에서 가장 높은 대신인 총독보다 훨씬 높은 사람이었다.

그들에게 다시 의원장이 인사하려고 했다.

엎드려서 절하며 사람들을 주목 시키려고 했다.

"마… 만나 뵙게 되어 영광입니다! 소인이 태왕녀 마마를……!"

소리치면서 엎드리려던 때였다.

고마로가 의원장의 행동을 저지시켰다.

"머리만 숙이게."

"예?"

"자네가 그런 식으로 인사드리면, 이 주위 의원들과 백성들은 어찌 되겠나. 그러니 조용히 인사드리게."

미리 오성이 고마로에게 알렸었다.

고마로가 오성의 말대로 의원장의 인사를 막았고 의원장이 지시를 따르면서 구부렸던 무릎을 펴고 머릴 숙였다.

"태… 태왕녀 마마와 우의정 어르신을 뵙습니다……!"

그의 인사를 받으면서 오성이 머리를 숙였다.

스승의 행동을 따라 해정도 머릴 숙였고, 그 모습에 머리를 들던 의원장이 흠칫 놀라면서 다시 머릴 숙였다.

"조… 존귀하신 분들께서 어찌 소인에게……."

예를 갖춰서 인사하는 태왕녀와 우의정의 모습에 무거운 마음을 느꼈다.

두 사람이 인사를 하고 머리를 들자 천군으로 알려진 우의정이 의원장에게 말했다.

"백성을 살리시는 대업을 이루시는 분입니다. 제가 어떻게 하대하면서 인사를 받겠습니까? 마땅히 예우를 받으셔야 됩니다."

"어르신……."

"백성을 위해서 노력하시는 분들은 전부 의인이자 대인입니다."

"……!"

오성의 이야기에 다시 의원장이 움찔했다.

'의인이자 대인…….'

천군이 한 이야기가 머리가 아닌 가슴에 박혀들었다.

그러자 조금 전까지 쌓였던 피로가 전부 사라지는 것 같았다.

가까이에 있던 의원들이 통역으로 이야기를 전해 듣고 놀라워했고 백성들 사이에서 탄성이 일어났다.

"오오……."

"세상에……."

천군의 언행에 감탄을 터트렸다.

그리고 그와 함께 머리를 숙였던 태왕녀를 기억했다.

해정이 나서서 의원장에게 이름을 물었다.

"존함이 어떻게 됩니까?"

"예?"

"존함이 말입니다. 의원장의 이름을 알고 싶습니다."

태왕녀의 의원장이 떨리는 목소리로 대답했다.

"세이고입니다."

"세이고……."

"존귀하신 태왕녀 마마께서 소인의 이름을 높여서 물어봐 주심에 몸 둘 바를 모르겠습니다."

자세를 낮추면서 이야기 했다.

'세이고'라는 이름을 가진 의원장의 이야기가 통역으로

태왕녀에게 전해졌다.

그의 대답을 듣고 해정이 미소 지었다.

그 미소를 보고 모든 사람들이 다시 탄성을 터트렸다.

기품과 아름다움이 태왕녀의 얼굴과 온몸에서 뿜어져 나왔다.

봄에 피어나는 하얀 목련과 같은 모습이었다.

백성들의 시선을 받으면서 해정이 세이고에게 물었다.

"환자들의 용태는 어떻습니까? 조정에서 소금물을 마시라는 지시가 내려졌었는데 환자들의 차도는 있습니까? 어떻습니까?"

태왕녀가 친히 묻자 세이고가 뒤의 환자들을 한 번 돌아보고서 대답했다.

"물변이 줄어들기는 했습니다. 그리고 환자들의 갈증도 어느 정도 해결 되었습니다. 보통 소금물을 마시면 갈증을 느끼기 마련인데, 정 반대의 일이 일어나서 신기할 따름입니다. 모든 것이 태왕 폐하와 평양 조정 대신들의 지혜 덕분입니다."

환자들의 병세가 호전되고 있다는 말에 해정이 오성을 보았다.

그리고 다시 함께 미소 지었다.

그와 기쁨을 나눌 수 있다는 사실이 왠지 모르게 다행이라는 생각이 들었다.

또한 감사했다.

오성이 수행관리로부터 책을 받았고, 책의 상태를 살핀 후에 해정에게 건네줬다.

그리고 책을 받은 해정이 세이고에게 넘겼다.

"받으세요."

"이것은……."

"우의정 어르신께서 써주셨습니다. 환자들이 걸린 병이 호열자인데, 호열자에 관한 모든 것이 써져 있습니다. 어디에서부터 퍼졌는지, 어떻게 걸리는지 말입니다. 그리고 호열자를 일으키는 균에 대해서도 써져 있습니다. 의서에 써져 있는 내용들로 의원들을 가르쳐 주세요."

"알겠습니다, 태왕녀 마마!"

"환자들에게 안내해주세요. 가까이 가서 살피겠습니다."

책을 받으면서 의원장이 기뻐했다.

이어 태왕녀가 환자들에게 향하겠다고 말하자 다소 당황한 듯한 모습을 보였다.

그와 관리들이 술렁이는 가운데, 고마로가 나서서 태왕녀에게 이야기했다.

"친히 진료소에 오셔서 의원들과 저희들이 큰 용기를 얻었습니다. 하지만 환자는 환자입니다. 설령 병세가 호전되더라도 말입니다. 혹여, 태왕녀 마마께 병이 옮을까 심

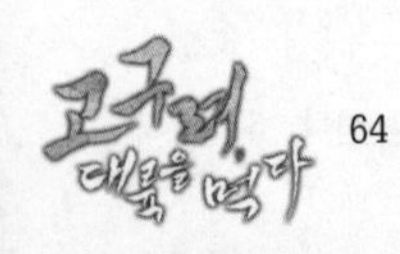

히 걱정 됩니다. 하오니…….”

고마로의 이야기가 통역을 통해서 전해지자 태왕녀가 고개를 가로저었다.

“의원장에게 드린 책 안에 병에 걸리지 않는 방법이 써져 있습니다. 손을 깨끗이 하고 끓인 물을 마시면 결코 병에 걸리지 않습니다. 옷이 더러워지면 세탁하면 되고 말입니다. 그리고 저 또한 얼마든지 환자가 될 수 있습니다. 제가 환자가 된다면 누군가는 절 보살펴야 됩니다. 그 마음을 제가 경험하고 싶습니다.”

태왕녀의 말에 고마로의 숨소리가 흔들렸다.

손에 힘이 들어가면서 주먹이 쥐어졌고 온몸이 진동하듯 떨렸다.

그가 태왕녀에게 머리를 숙이면서 존경의 뜻을 보냈다.

그리고 의원장에게 지시했다.

“부탁하네.”

“예. 합하.”

의원장이 고마로의 지시를 받들면서 앞장섰다.

그리고 그를 따라서 해정이 움직였으니, 그녀의 뒤에서 오성과 고마로 등이 따라 움직였다.

의원들과 환자들 사이로 들어갔고 친히 백성들의 아픔을 살피기 시작했다.

한 환자가 어렵게 일어나서 그릇에 담긴 물을 마시려고

했다.

기력이 떨어져선 손이 떨리고 있었고, 자칫하면 들고 있던 물그릇을 떨어트릴 것 같았다.

그때 곁으로 다가온 누군가가 그의 손을 잡아줬다.

"……?"

이제 겨우 스무 살이 된 듯한 환자이자 백성이었다.

힘없는 시선이 손길을 따라서 움직였다.

그리고 곁에서 도와주는 여인을 보게 됐다.

여인이 그에게 이야기했다.

"마시게. 내가 도와 줄 테니."

"……."

너무 힘들어서 환영을 보는 듯했다.

선녀가 하늘에서 내려온 듯 하여 혹, 자신이 죽을 때가 된 것은 아닌지 의심했다.

하지만 환영이 아닌 현실이라는 것을 알았다.

주위에 의원들이 있었고 여전히 환자들이 있었다.

그들이 웅성거리면서 바라보고 있었고, 이틀 전에는 죽을 것 같았지만 그래도 이제는 조금 나은 느낌이었다.

곁에 선 여인이 뭐라고 말한 것인지는 몰랐지만 그녀의 도움을 받으면서 소금단물을 마셨다.

그리고 이야기를 들었다.

"태왕녀 마마시네."

“네……?”

“태왕 폐하를 대신하셔서 태왕녀 마마께서 친히 오셨네. 그러니 힘들겠지만 인사 정도는 하게.”

총독이 동조선의 말로 이야기했다.

그 말을 듣고 환자가 무슨 일인가 했다.

하지만 이내 정신을 차리면서 놀란 토끼눈이 됐다.

“세… 세상에…! 태왕녀 마마…! 으윽……!”

“일어설 필요 없네. 누워도 되니까. 그저 고개만 움직여 주는 것으로도 충분하네.”

일어나려다가 괴로워하는 환자의 몸을 어루만지면서 해정이 이야기했다.

이를 지켜보던 환자들이 식구들과 함께 수군거렸다.

“태왕녀 마마시라고……?”

“그… 그렇게 들은 것 같은데…….”

“태왕녀 마마시라니… 설마, 고려 태왕 폐하의 공주님이신가…….”

“그런 것 같아…….”

“태왕녀 마마께서 어째서 이곳에…….”

믿기 힘든 시선으로 보면서 이야기했다.

그때 총독인 고마로를 따르는 관리가 옆의 환자와 식구들에게 이야기했다.

“자네들을 보살펴 주시기 위해서 오셨네.”

"예……?"

"태왕 폐하께서 보내주셨네. 태왕 폐하께서 아끼시는 태왕녀 마마를 말일세. 그리고 천군님께서도 오셨네."

"헉?! 저… 정말입니까?"

"저기 보이시는 분이 바로 천군님일세. 평양 조정의 우의정 어르신이기도 하고 말이지. 두 분께서 백성을 아끼셔서 직접 오셨네."

"아아… 어, 어떻게 이런 일이…! 흐흐흑… 흑……!"

관리의 이야기를 듣고 백성들이 눈물을 쏟아냈다.

비록 평양에서 먼 동조선이지만 자신들의 군주가 누구인지 알고 있었다.

또한 자신들의 군주가 지난날 자신들을 어떻게 다스렸는지를 알고 있었다.

백성들의 삶을 살피려고 한 적은 있었지만, 역병이 퍼지는 곳으로 친히 찾아와준 적은 없었다.

하지만 태왕이 아끼는 태왕녀가 바로 곁에 있었다.

또한 현인 중 현인이라 알려져 있는 천군도 더러운 진료소에 와 있었다.

그들이 함께 해 준다는 생각에 가슴에서 무언가가 터져 나왔다.

"마… 만세! 만세! 태왕녀 마마! 만세! 만세!"

온 백성이 온 힘을 다해서 만세를 외쳤다.

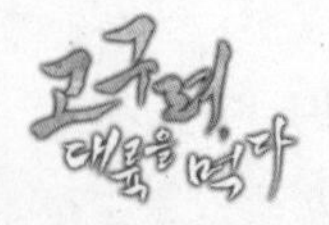

그들의 외침에 해정이 서 있었고, 만세는 오직 군주에게 허락된 외침이었다.

하늘의 외침에 태왕녀를 수행하는 관리들이 몹시 당황했다.

며칠 전만 하더라도 온몸을 늘어뜨리면서 죽기를 기다렸었다.

하지만 소금물이라는 생수가 허락 되자 죽음의 문턱에서 겨우 벗어났다.

그럼에도 몸이 회복되기까지는 다소 시간이 걸렸다.

움직이기가 힘들었고 말하기가 힘들었다.

하지만 사력을 다해 백성들이 소리쳤다.

"만세! 만세!"

"정말… 감사합니다! 태왕녀 마마……!"

"만세……!"

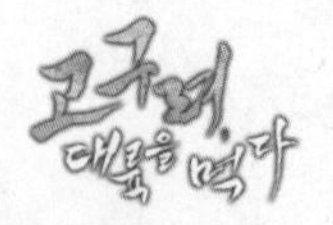

해정을 향해서 환자와 그 식구들이 만세를 외쳤다.

그들의 모습에 관리들이 당혹스런 표정을 지었다.

고려와 동조선의 만세 발음이 비슷해서 단번에 알아들었다.

오성이 백성들을 지켜보면서 그들의 감동을 깨달았다.

'하긴, 귀하신 분이 손수 살펴준 일은 거의 없었을 테니까. 단순히 높은 사람도 아니고, 태왕 폐하의 딸인데 얼마나 큰 감동이겠어. 뭐, 천세가 아니라 만세라 불러서 관리들이 당황하겠지만 말이야.'

미소를 지으면서 관리들의 행동을 지켜봤다.

고마로가 몹시 놀라면서 관리들에게 지시하고 있었다.

"어서 말리게! 태왕녀 마마께 만세라니! 태왕 폐하께서 진노하실 수도 있네!"

"예… 예! 합하!"

만세는 오직 군주에게만 허락된 찬양이었다.

그러한 찬양이 태왕녀에게 향하는 것은 결코 상서롭지 못한 일이었다.

이내 관리들이 환자와 그 식구들에게 이야기 했다.

"소리치는 것을 멈추게!"

"예……?"

"태왕녀 마마께 만세라니! 만세는 오직 폐하께만 드릴 수 있는 외침이란 말일세! 알겠는가?!"

"아…! 예……!"

"꼭 찬양하고 싶다면 천세라고 외치게!"

관리들의 이야기를 듣고 환자들과 식구들이 눈치를 살폈다.

그저 높으신 분을 찬양하는 외침으로 만세만 있는 줄 알았다.

그런 백성들이 천세를 깨닫고 태왕녀를 위해서 다시 소리쳤다.

"처… 천세……!"

"태왕녀 마마, 천세……!"

뭔가 맥이 끊어졌다.

때문에 다시 울려 퍼지는 외침은 왠지 작아질 수밖에 없었다.

그러나 이내 소리가 커졌고, 태왕녀에게 백성들의 찬양이 다시 전해졌다.

걱정을 하면서 고마로가 태왕녀에게 말했다.

"어리석은 백성입니다. 그리고 평양으로부터도 몹시 떨어진 곳이라, 백성들에게 잘 모르는 것들이 많습니다. 부디 태왕녀 마마를 통해서, 폐하의 용서가 있기를 간절히 바랍니다."

통역이 전해지자 해정이 미소를 지으면서 대답했다.

"거짓을 말씀 드릴 수 없기에 아바마마께 오늘의 일이 있

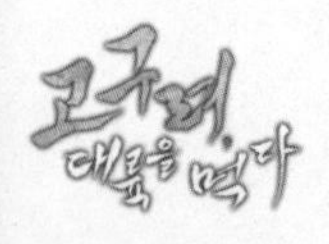

었다는 말씀드릴 것입니다. 하지만 걱정하시지 않으셔도 됩니다. 백성들의 어린 식견을 아바마마께서도 분명히 알고 계십니다. 그러니 심려를 내려 놓으셔도 됩니다."

"예. 태왕녀 마마……."

웃으면서 말하는 해정의 말에 고마로가 한시름을 놓으면서 마음을 덜어냈다.

어쩌면 백성들의 만세 외침으로 가장 위험해지는 사람이 태왕녀일지도 몰랐다.

군주의 권력은 누구로부터 위협 받아서는 안 됐고, 그 상대가 태왕자가 될 수도, 태왕녀가 될 수도 있었다.

하지만 태왕이 세상에서 가장 인자한 군주라는 것을 알고 있었다.

또한 태왕이 태왕녀를 아끼고 있었고, 태왕녀가 태왕을 잘 알고 있었기에, 그녀가 하는 말이 맞을 것이라고 생각했다.

어쩌면 태왕녀가 태왕의 대리자여서 그녀에 대한 찬양이 태왕을 향한 찬양으로 이어질 수도 있었다.

그렇게 미리 핑계거리를 만들어 뒀다.

태왕녀가 말한 대로 안심했고 백성들의 천세 소리가 이뤄지는 것을 지켜봤다.

그리고 천군의 지시를 들었다.

"환자들을 치료할 수 있겠지?"

“예! 어르신!”

“여기가 너희들의 전장이다. 가서 싸워. 역병으로부터 우리 백성들을 지켜내는 거야. 태왕녀 마마께서 보여주신 것처럼 백성들을 살펴.”

“알겠습니다!”

태학에서 양성 된 의원들이 오성의 지시를 받들면서 환자들에게로 나아갔다.

미리 배운 동조선 말로 먼저 환자를 살피던 의원들에게 어떻게 해야 할지 물었다.

그리고 지시를 받으면서 나이 많은 의원들을 도왔다.

함께 환자들을 살피기 시작했다.

인력이 더해지면서 진료소에 활기가 돌았고, 환자들이 원하면 얼마든지 도움 받을 수 있었다.

한 환자가 회복이 덜 되어서 구역질을 일으켰다.

“우웍! 우엑, 웩……!”

마신 물을 환자가 토해냈고, 평양에서 온 젊은 의원이 곁으로 붙었다.

큰 그릇을 준비해 환자의 구토 물을 받으려고 했다.

하지만 양이 많았다.

결국 그릇으로 모두 담지 못하고 입고 있던 적삼으로 받아내야 했다.

덕분에 침상으로 환자의 토사물이 떨어지지 않았다.

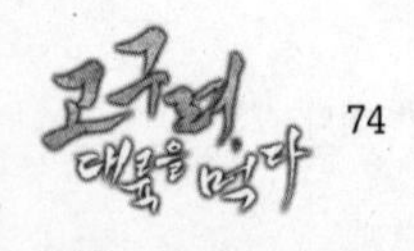

정신을 차릴 수 없을 정도로 환자가 토하다가 그친 뒤 눈물이 맺힌 눈으로 의원을 올려다봤다.

그리고 자신의 토사물이 묻은 적삼을 내려다봤다.

"……."

다시 의원의 얼굴을 보았고, 나이 많은 백성을 살핀 젊은 의원이 미소 지었다.

"괜찮소. 옷이야 빨면 그만이니까. 그저 회복하기만을 바라오."

적삼에 묻은 토사물을 헝겊으로 그릇에 밀어낸 뒤 털어냈다.

그리고 환자의 손을 잡았다.

괜찮다고 전하는 말이 평양 말이었지만 충분히 그 뜻을 알 수 있었다.

환자가 젊은 의원의 행동에 감동받았다.

또한 그 모습을 다른 환자들과 진료소에서 일하던 나이 많은 의원들이 지켜보고 있었다.

천군과 함께 온 의원들을 보면서 그들에 대한 이야기를 나눴다.

"젊은 의원들인데……."

"마음가짐이 좋아."

"천군님과 함께 왔으니까. 듣기로 폐하의 태왕명과 천군님의 계획으로 길러진 의원들이라고 들었어. 달라도 뭔가 달라."

훈훈한 분위기 속에서 의원들에 대한 칭찬을 늘여 놓았다.

백성을 아끼는 태왕에게 충성을 다하고 천군의 가르침을 받은 의원들이었다.

비록, 의술은 태학의 교사가 된 의원으로부터 배웠지만, 환자들에게 진력하는 마음가짐만큼은 확실하게 배웠다.

또한 천군의 지시로 전국의 의서가 모이고 진료법이 정리되었으니, 임상을 실증적으로 증명하면서 효과적으로 사람을 치료할 수 있게 배웠었다.

그런 의원들이 바다 건너 동조선에서 진료 경험을 쌓기 시작했다.

그 모습을 천군인 오성이 보면서 흐뭇하게 미소 지었다.

그의 곁으로 해정이 와서 이야기 했다.

"스승님……."

"태왕녀 마마."

"어려운 가운데에 있지만, 정말 스승님의 계획이 빛을 발하는 것 같습니다. 백성들이 살아나고 태학에서 양성된 의원들이 활약하고 있습니다."

태왕녀의 칭찬에 오성이 고개를 가로저으면서 대답했다.

"태왕 폐하 덕분입니다."

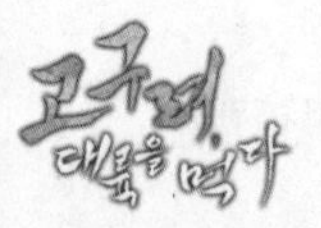

"스승님."

"늘 말씀드리는 것이지만, 폐하께서 절 믿어주시지 않으셨다면 있을 수 없는 일입니다. 그리고 폐하께서는 정말로 인사하신 분이고 백성들의 처지를 잘 살펴주십니다. 때문에 백성들이 실수해도 너그럽게 용서해주실 수 있습니다. 사실, 태왕녀 마마께 백성들이 만세라고 외쳤을 때, 총독과 관리들은 몹시 긴장했지만 저는 그렇지 않았습니다."

"제가 아바마마를 대리해드리기 때문입니까?"

"그런 이유도 있지만, 그 이유를 넘어서서 폐하께서 태왕녀 마마를 사랑하시기 때문입니다."

"아바마마께서 저를……."

"태왕녀 마마께 대한 찬양이라면, 만세가 되었든 천세가 되었든 폐하께서 기뻐하셨을 겁니다. 그것이 제가 알고 있는 폐하의 모습입니다. 저도 그런 폐하께 확신을 가지고 있고, 천세로 외칠 줄 몰랐던 백성들의 사정도 아시는 분이십니다. 결코 당 황제와 비교할 수 없는 위대하신 군주이십니다."

아버지에 대해서 천군이 찬양을 늘여 놓았다.

그의 이야기를 듣고 해정이 미소를 지으면서 고개를 끄덕였다.

아버지의 위대함을 천군을 통해서 느끼고 있었다.

인격적으로 더욱더 아버지를 닮아야겠다는 생각을 했다.

또한 스승인 천군과 함께 나란히 서서 이야기를 나눌 수 있다는 사실에 감사히 여겼다.

환자들을 보살피는 의원들의 모습을 다시 천군이 돌아서서 지켜보기 시작했다.

그런 천군을 곁에서 가만히 보았다.

그에게 눈길이 가는 것을 들키지 않으려고 했다.

가슴에서 아픔이 일어나고 있었다.

'용호대장과 연인이신데…….'

이미 어쩔 수 없다는 것을 알았다.

그럼에도 다른 곳을 보는 스승의 눈길이 원망스러웠고, 자신에게 마음을 허락해주기를 바라는 소망이 여전히 남아 있었다.

용호대장으로부터 스승을 빼앗고 싶다는 생각이 들기 시작했다.

그때, 스승이 돌아서면서 이야기했다.

"석감을 풀어야 할 것 같습니다."

"석감을… 말씀입니까……?"

"석감을 만들 때 쓰이는 잿물은 눈에 보이지 않을 만큼 작은 균을 죽이거나 씻어내는 효능이 있습니다. 환자들의 더러운 손을 통해서도 병균이 옮는 만큼 그 길을 차단해야 됩니다. 끓인 물을 마시는 것을 더하면 충분히 호열자를 예방할 수 있습니다."

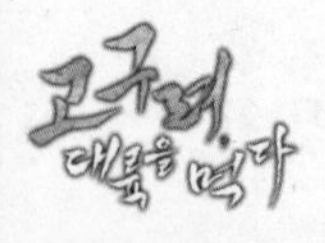

오성의 이야기를 듣고 해정이 고개를 끄덕였다.
그러면서 물었다.
“석감의 효능이라면 호열자의 병균을 충분히 씻을 수 있을 있을 것이라고 여겨집니다. 하지만 비싼 사치품이라서…….”
“쉽게 만들면 값이 싸집니다.”
“쉽게 말씀입니까?”
“향을 첨가하고, 정성스럽게 모양을 내는 과정을 뺄 것입니다. 그러면 더욱 많은 석감을 빠르게 만들 수 있습니다. 양이 많아지면 판매 가격도 떨어집니다.”
수요와 공급에 의한 시장경제논리였다.
그러한 지식을 해정이 전에 스승으로부터 배웠었다.
석감을 제조하는 방식을 간편하게 해서 좀 더 많은 양을 생산할 수 있다고 스승이 말했다.
그리고 천균의 이야기를 해정이 신뢰했다.
그가 태왕녀에게 깊은 다짐을 전했다.
“백성부터 살립니다. 사치도 그 후에야 가능한 일입니다. 지금은 백성과 동맹국을 구해야 할 때입니다.”
오직 고려만 구하는 일이 아니었다.
고려 백성과 동맹의 백성들이 함께 구원 받는 일이었다.
오성과 해정이 동조선에 오기 전에 평양에서 사신들이 출발했었다.

삼화로 향한 사신들이 탐라나 거칠산을 통해 남동으로 향했다.

가까이로는 아이누, 진랍과 스리비자야로 향하는 길목에 위치한 대만에 이르렀다.

대만 주민들에게 호열자에 대한 것을 알리고, 치유법이 어떻게 되는지를 알려줬다.

이미 대만에서도 호열자에 걸린 병자가 발생하고 있었다.

그 수가 몇 명으로 시작해서 백 수십 명으로 늘어나고 있었다.

지쿠젠에서 파악된 대로 물변을 흘리기 시작했고, 소금물에 귀한 설탕을 타서 갈증을 느끼는 환자들에게 먹이기 시작했다.

그리고 물변이 조금씩 멎기 시작했다.

지아비의 엉덩이에 묻은 분변을 그의 부인이 닦아줬다.

깨끗한 물로 손을 여러 번 씻은 뒤 냇가가 아닌 숯을 깐 땅에 버렸다.

바닷물을 끓여서 설탕을 더해 지아비에게 먹였고, 하루 지난 후에 옆으로 누워 있던 지아비에게 물었다.

"어때요? 좀 괜찮아요?"

부인의 물음에 엉덩이를 까고 쓰러져 있던 남자가 대답했다.

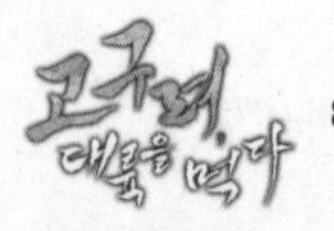

"조금, 괜찮은 거 같아……."

"갈증은요?"

"덜 해… 나아지는 것 같아… 바닷물을 마시면 목이 더 마를 줄 알았는데, 이상하게 덜 해……."

힘이 많이 빠져 있는 목소리로 남자가 부인에게 대답했다.

그런 지아비의 이마를 부인이 쓰다듬어 주면서 미소 지었다.

"고려 사람들 덕분이에요. 고려 사람들이 당신과 동무들을 살렸어요. 곧 기운을 찾고 일어날 거예요."

희망을 안고서 살아가고 있었다.

그리고 그 희망은 고려와 함께 하고 있었다.

고려와 함께 하는 나라들이 시련을 이겨나가고 있었다.

그로부터 한 달이 지나서 창궐했던 역병이 사라졌다.

태왕녀를 향한 백성의 외침을 태왕이 듣다

태왕녀와 천군이 백성을 살리기 위해서 바다를 건넜었다.

바다 건너에 고려의 영토가 있었고 소중한 백성들이 있었다.

백성들이 역병에 걸려 진료를 벌였으니, 그들을 살피고 태왕녀와 천군이 돌아와 태왕을 알현했다.

안학궁 편전에서였다.

상석에 태왕이 앉은 가운데, 탁자가 치워지고 그 자리에 태왕녀와 천군이 섰다.

그리고 두 사람 뒤로 수행 관리와 신진 의원들이 함께 했다.

태왕녀와 천군이 먼저 머릴 숙이자, 따라 관리들과 의원들이 머릴 숙였다.

그들을 보면서 고보장이 미소 지었다.

의원들과 오성을 포함한 관리들을 살핀 후에 자신을 대신해줬던 해정에게 이야기했다.

"무사히, 잘 다녀왔구나."

"예. 아바마마."

"먼 길을 오자마자 아비를 보러 왔는데, 피로감이 상당할 것 같다."

"소녀, 아바마마를 뵙는 것은 피로하지 않습니다만, 소녀와 우의정 어르신을 따랐던 아바마마의 신하들과 의원들은 다를 것 같습니다. 백성과 환자들을 보살피기 위해서 매우 애썼습니다."

해정이 아랫사람들의 피로를 먼저 알려줬다.

그 말을 듣고 고보장이 더욱 진하게 미소를 지었다.

태왕이 지은 미소의 의미를 오성이 알아차리면서 따라 미소 지었다.

이어 고보장이 두 사람 뒤에 서 있는 자들에게 말했다.

"인사를 하였으니 됐다. 어차피, 태왕녀와 우의정이 짐에게 고할 것이니, 나머지 신료들과 의원들은 돌아가서 짐 정리를 하고 쉬도록 하라. 짐이 특별히 열흘 동안 쉬는 것을 윤허하겠다."

태왕의 알림을 듣고 관리들과 의원들이 환하게 웃었다.
“감사합니다!”
“태왕 폐하의 은혜가 하해와 같습니다! 태왕명을 받들겠습니다! 폐하!”
허리를 직각으로 굽히면서 태왕에게 감사의 뜻을 전했다.
그리고 뒷걸음을 하면서 물러난 뒤, 편전 문 앞에서 신을 신고 나섰다.
편전에 오성과 해정이 남았고 두 사람을 통해서 동조선 백성들에 대한 이야기를 고보장이 들으려고 했다.
내관들이 치웠던 탁자를 가지고 오는 동안, 고보장의 시선이 여식인 해정과 천군 사이를 오갔다.
‘해정이 연모했지… 아니, 아직도 연모하고 있을 수 있다. 사람 마음이라는 게, 계기가 없는 한 쉽게 변하지 않는 법이니까. 그래서 정말 힘들었겠지…….’
여식의 마음을 아비가 헤아렸다.
굳이 이야기를 나누지 않았지만 여식의 사정을 알고 있었기에 힘듦을 짐작할 수 있었다.
때문에 해주고 싶은 말이 있었다.
“해정아.”
“예. 아바마마.”
“애썼다. 참으로 어려운 가운데서 아비를 대신해주었다.

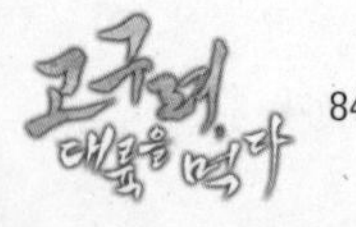

그래서 고맙다."

그 말에 해정이 아버지의 생각과 마음을 깨달았다.

이내 머리를 숙이면서 아비에게 답했다.

"소녀, 아바마마의 여식으로서, 태왕녀로서, 마땅히 해야 할 일을 했을 뿐입니다. 그저 아바마마의 위엄을 지켜드릴 수 있기만을 소망했습니다."

그 말에 다시 고보장이 고개를 끄덕였다.

"잘 해주었다."

아비의 칭찬에 해정이 더욱 몸을 낮추었다.

그리고 이야기가 오가는 사이 내관이 든 탁자가 놓이고 의자들이 준비 됐다.

상석에 앉은 태왕의 가까운 옆 자리에 해정과 오성이 마주 본 상태로 앉았다.

때문에 서로의 시선이 향할 수밖에 없었다.

애써 해정이 오성의 시선을 피하려고 했다.

그때 아버지인 태왕이 오성을 불렀다.

"우의정."

"예. 폐하."

"백성들을 치료하는 것은 잘 마무리 되었나?"

아버지의 목소리를 듣고 해정의 시선이 바로 향했다.

태왕의 물음에 오성이 환자들에 대한 이야기를 차분히 전했다.

"사실, 도착 전부터 꽤 치유가 되어 있었습니다."
"환자들이 말인가?"
"완쾌한 환자는 없었지만 거의 무사히 고비를 넘겨서, 도착했을 때는 기존에 진료를 벌이던 의원들을 돕는 수준이었습니다. 동조선의 의원들과 관리들이 백성들을 잘 살폈습니다."
오성의 대답을 듣고 고보장이 고개를 가로저으면서 말했다.
"그들의 노력도 있지만 결정적인 것은 우의정의 지혜다. 우의정이 역병의 정체를 알고, 치유 방법과 예방법을 정확히 알고 있었으니까 말이다. 우의정의 지혜가 없었다면 그들의 노력이 있었던, 짐의 명이 있었던, 살리지 못했을 것이다. 때문에 우의정의 공이 매우 크다."
"폐하의 은혜 덕분입니다."
"공이 있음에 참으로 다행이라고 생각한다."
"감사합니다. 폐하."
연신 머릴 숙이면서 태왕에게 감사의 뜻을 전했다.
이어 내관과 궁녀들이 준비해준 차 한 모금을 마시고 태왕의 이야기를 들었다.
다른 나라 사정에 대해서 태왕이 친히 알려줬다.
"우의정이 말한 대로 동맹들에게도 호열자에 대해서 알려줬다."

"응답이 있었습니까?"

"아이누에는 아직 호열자에 걸린 환자가 발견되었다는 이야기가 없었다. 하지만 상인들이 많이 거치는 대만에서는 호열자가 창궐해서 원주민 몇 명이 숨지는 일이 생겼다. 환자들이 꽤 많이 쏟아져 낙오고 주둔하고 있던 우리 군사들도 쓰러졌지만, 설탕을 녹인 소금물로 충분히 회복될 수 있었다."

"다행입니다."

"대만에 환자들이 발생하고 나았으니, 아마도 다른 동맹도 마찬가지일 것이다. 진랍과 스리비자야가 멀어서 아직 답변이 없지만 분명히 호열자가 창궐했으리라고 본다. 그리고 치료법과 예방법이 전해졌으니 대만처럼 치유되라고 본다."

동맹국들의 사정을 예상하면서 태왕이 말했다.

고보장이 오성 덕분이라고 생각했고, 오성은 자신을 믿어준 태왕 덕분이라고 생각했다.

두 사람의 신뢰가 더욱 짙어지고 있었다.

해정이 곁에서 지켜보고 있었고, 그녀에게 고보장이 다시 차 한 모금을 마시면서 물었다.

"너는 어땠느냐? 처음으로 동조선에 가지 않았더냐. 아비가 만나보지 못한 백성들의 모습이 어떠했느냐?"

고보장이 보지 못한 백성들의 모습을 여식에게 물었다.

아비의 물음에 해정이 지쿠젠과 백성들의 모습을 떠올리면서 대답했다.

"평양과 풍경이 많이 달랐습니다. 사비나 금성과는 또 다른 분위기였습니다. 옛 백제의 속국이었기 때문에 백제의 방식대로 관아나 집들이 지어졌지만, 건물에 쓰인 목재와 형태가 조금씩 달랐습니다. 백성들은 사비성과 금성 백성들보다 옷을 가볍게 입습니다."

"여름의 더위 때문인가?"

"겨울에는 평양보다 그리 춥지 않다는 이야기를 들었습니다. 하지만 백성들의 마음은 같았습니다."

"어떻게 말이냐?"

"식구들이 평안하길 바라고, 아바마마의 은혜가 있기를 원합니다. 그런 점에서 평양의 백성들과 다르지 않습니다."

동조선 백성들에 대한 이야기를 해정이 전했고, 그 이야기를 들으면서 고보장이 고개를 끄덕였다.

이어 해정이 자신에게 있었던 일을 알렸다.

"저……."

"말하거라."

"소녀가 아바마마를 대리하면서 환자들을 살폈습니다. 그때, 소녀를 허락해주신 아바마마의 은혜에 감동 받아서 백성들이 만세라고 외쳤습니다. 그래서……."

조심스럽게 아버지에게 백성들이 만세를 외쳤던 사실을 알렸다.

그 이야기를 듣고 고보장이 해정의 이야기를 듣던 오성에게 물었다.

"총독과 관리들은 그것을 듣고 어떻게 했는가?"

오성이 미소를 지으면서 대답했다.

"당황하기는 했습니다."

"짐의 여식에게 하는 줄 알고서 말인가?"

"당황하면서 태왕녀 마마께는 천세라 외치야 된다고 말했었습니다."

대답을 듣고 고보장이 피식 웃었다.

다시 해정에게 시선을 맞추고 이야기 했다.

"아비 생각으로는 널 향한 찬양인 듯하다."

"아닙니다. 아바마마를 대리했던 소녀가 어찌……."

"널 아비 대신 세운 것은 맞지만, 백성들이 보고 있던 것은 아비가 아니라, 바로 너다. 해정아. 그리고 해정이 네가 만세 소리 좀 듣는다고 해서 뭐가 큰일이겠느냐?"

"……."

"아이누의 황제도 만세 소리를 듣고, 진랍과 스리비자야의 군주도 만세 소리를 듣는다. 만세는 백성의 감동과 기쁨을 상징하는 것이다. 네가 그 소리를 들었다고 하니, 아비는 더더욱 기뻐할 일이다. 그러니 그리 조심스럽게 말하지 말 거라."

아비의 이야기를 듣고 해정이 머릴 숙였다.

"예. 아바마마."

이미 예상했던 반응이었다.

아비가 그렇게 생각할 것이라고 짐작했었다.

하지만 만약이라는 불안이 조금 있었고, 그 불안을 천군이 대신 해소시켰다.

다시 입가에 미소가 찾아들었다.

미소 짓는 해정을 보면서 오성도 환하게 웃었다.

서로가 서로를 보고 있을 때, 고보장이 오성에게 물었다.

"휴식이 끝나면 무엇을 할 것인가?"

태왕의 물음에 오성이 대답했다.

"명일, 청해 상단에 가보려고 합니다."

"쉬지 않고 말인가?"

"석감을 만드는 상단이 청해 상단이기에, 가서 대량의 석감을 만들어야 된다고 미리 이야기할 겁니다. 향과 모양을 빼서, 세척력만 좋은 석감을 많이 만들 수 있도록 준비할 것입니다. 그러면 역병이 창궐한 곳을 중심으로 백성들에게 나눠줄 수 있습니다."

"가능하다면 동맹의 백성들에게도 줄 수 있겠군."

"모든 사람들을 위한 일입니다. 그리고 우의를 다질 수 있는 일입니다. 화재를 진압했을 때도 잔불이 남는 법인데, 그

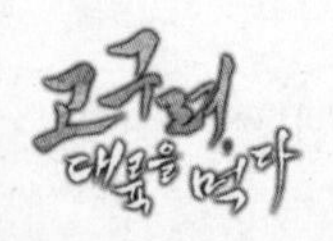

런 불씨까지 모두 지운 후에, 동맹을 모으려고 합니다. 이번 일을 계기로 많은 이야기를 나눌 수 있을 것 같습니다."

오성의 답변을 듣고 고보장이 고개를 끄덕였다.

그리고 다시 고마운 뜻을 전했다.

"먼 곳까지 가서 짐의 백성들을 살펴줘서 고맙다. 이제 돌아가서 쉬도록 하라. 그리고 특별한 일이 있거나, 짐의 명이 필요하다면 언제든지 고하라."

태왕의 이야기를 듣고 오성이 머릴 숙였다.

"태왕명을 받들겠습니다. 폐하."

그리고 일어났다.

해정과 함께 자리에서 일어난 뒤 다시 머리를 숙이면서 태왕에게 인사했다.

함께 편전에서 나섰다.

그리고 어깨를 나란히 했다.

오성이 해정에게 허리를 굽히면서 인사했다.

"고생하셨습니다."

"아닙니다. 스승님."

"이제, 침전으로 돌아가셔서 편히 쉬십시오. 저도 내일 아침까지는 집에서 편히 쉬겠습니다."

"예. 스승님."

"그럼, 이만……."

"……."

인사를 한 뒤 속히 천군이 돌아섰다.

그가 발걸음을 옮기기 시작할 때, 그를 멈추게 해야 된다는 생각으로 손을 뻗었다.

하지만 닿지 않았다.

그를 세울 어떤 명분이나 이유도 해정에게 존재하지 않았다.

그저 함께 하고 이야기를 나누고 싶었다.

함께 백성들을 살피고 위로 했던 시간이 꿈만 같았다.

그 시간이 모두 지나고 다시 각자의 시간과 공간으로 나뉘어졌다.

멀어지는 천군의 뒷모습을 해정이 보고 있었다.

"태왕녀 마마."

"……."

"침전으로 모시겠습니다."

소정의 목소리를 듣고 나서야 겨우 시선이 돌려졌다.

어렵게 발걸음을 떼면서 침전으로 향했다.

착잡한 마음이 해정의 가슴에 새겨졌다.

편전에 태왕이 홀로 남아 고개를 들었다.

"만세를 들었다라……."

여식을 향한 백성들의 외침을 상상하고 있었다.

그의 입가에 미소가 머물렀다.

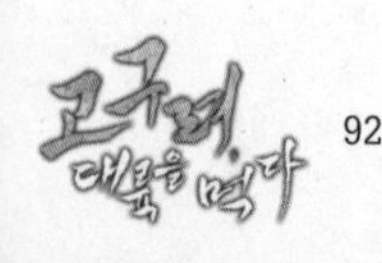

고보장이 결단하다

평양에 돌아왔다.

가장 먼저 태왕을 알현했다.

그리고 다음으로 만나야 할 사람을 보려고 했으니, 천군이 바쁘게 움직여 소중한 이의 집 앞에 이르렀다.

문을 두드려서 불렀고 그의 하인을 만났다.

"부재하십니다. 우의정 어르신."

"집에 없다고?"

"예. 어르신. 훈련을 위해서 잠시 내원에 다녀오신다고 말씀하셨습니다. 며칠 걸릴 것 같습니다."

태왕을 알현한 후에 연수를 만나려고 했다.

먼 곳을 다녀온 만큼 오랫동안 보지 못했던 연수를 만나려고 했다.

하지만 그녀가 부재하다는 이야기를 하인인 천석으로부터 들었다.

그 말을 듣고 애써 미소를 보이면서 말했다.

"그래. 알겠어. 혹시 돌아오면 기별을 넣어줘. 뭐, 나에게도 보고를 올리겠지만 말이야."

"예. 어르신."

"연수의 집을 잘 지켜 줘."

"예."

천석에게 부탁을 하고 그로부터 인사 받았다.

그리고 집으로 돌아왔다.

나한의 고함 같은 인사를 받고서 방으로 돌아온 뒤, 편한 옷으로 갈아입고 따뜻한 음식을 먹었다.

그리고 집에서 편안하게 숙면을 취했다.

다음 날, 좌의정인 양만춘과 함께 청해 상단으로 향했다.

대량의 석감을 만들기 이전에 기존에 만들어지던 석감이 있었다.

상단 소유의 석감 제작소에서 가득 쌓여 있는 상자들을 보았다.

상자 중에 대다수는 빈 상자였으니, 석감이 만들어질 때마다 상자 하나씩을 채우고 상단 밖으로 나갈 예정이었다.

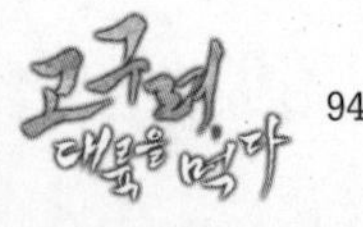

한 상자에 물에 녹을 수 있는 석감이 차곡차곡 들어가 있었다.

그 중 하나를 꺼내서 고운 포장지를 벗겼다.

그리고 냄새를 맡았다.

"이건 꽃향이 아니군."

석감의 향을 맡은 양만춘이 말했고, 남국으로 향해 있는 안련 대신 상단을 관리하는 부영이 대답했다.

"꽃 대신, 차향이 들어간 석감입니다. 남쪽에서 구한 찻잎을 넣어, 향과 피부가 회복되는 효능을 더했습니다. 때문에 석감의 색이 녹색입니다."

부영의 이야기를 듣고 양만춘이 한 번 더 냄새를 맡았다.

그 모습을 오성이 지켜보았다.

서로 시선이 마주치곤 피식 웃었다.

오성이 부영에게 석감의 생산량을 물었다.

"요즘 얼마나 석감을 얼마나 생산해?"

부영이 대답했다.

"한 달에 500개 정도 만드는 것 같습니다."

"500개? 꽤 양이 많이 늘었네?"

"예. 어르신."

"처음엔 100개나 겨우 만들었는데 말이지. 그래서 이걸 지금 사치품으로 팔지 않고 조정의 요청으로 원가 그대로 팔고 보내고 있는 거잖아?"

“맞습니다.”

“수입이 많이 줄지 않았어? 내가 알기로 석감에서 나오는 수입이 상당할 텐데 말이야.”

“사실 줄기는 했지만 손해는 아닙니다. 그래도 원가는 유지되고 있기 때문입니다. 원가 아래로 판다면 손해이지만, 아니라면 적은 이익도 이익입니다. 그리고 이번 여름이 맑아 소금에서 많은 이문을 얻을 것 같습니다.”

부영의 대답을 듣고 오성이 고개를 끄덕였다.

긴급하게 석감을 요청하면서 향이 나는 석감을 원가로 산 뒤 백성에게 나눠주고 있었다.

그리고 일부 양을 동맹들에게 돌렸지만 그것 가지고는 양이 부족했다.

반드시 더 많은 양을 생산해서 사람들이 쓸 수 있게 해야 했다.

그래야 ‘호열자’라고 이름을 지은 콜레라 감염으로부터 멀어질 수 있었다.

“향을 첨가하거나 모양을 더하는 과정을 빼면 얼마나 만들 수 있어? 두 배로 만들 수 있나?”

오성이 부영에게 물었다.

그리고 대답을 들었다.

“다섯 배 정도는 늘릴 수 있습니다.”

“다섯 배? 정말?”

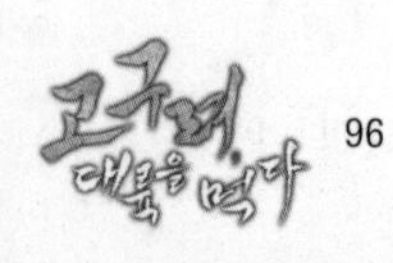

"솔직히, 생산량을 결정짓는 것은 장인의 손을 거치느냐, 거치지 않느냐 입니다. 또한 장인에게 삯이 지불되는 것이 있기에, 어르신께서 말씀하신 대로 만든다면 다섯 배 만큼은 더 만들 수 있습니다."

"생산단가도 줄겠지."

"예. 어르신."

"하지만 너무 그렇게만 만들면 장인들의 일거리도 사라지니까, 일정량은 기존에 만들던 방식대로 만들고, 나머지는 모양에 그리 신경 쓰지 않고 만들어 줬으면 해. 여전히 호열자 예방에 석감이 많이 필요하니까."

"예."

"저 상자를 모두 채울 수 있을 만큼 빠르게 만들어야 해. 그렇게 해서 호열자의 씨를 말릴 거야. 천축 상인들이 와서 번진 호열자인데, 질병을 막는 일이 무역을 지키는 일이니까. 상단의 명운도 함께 달려 있어."

목소리에 힘을 주면서 오성이 말하자 부영이 사명감을 갖고서 대답했다.

"어르신께서 말씀 하신 대로 석감을 만들라 지시하겠습니다. 그리고 양이 맞춰지는 대로 말씀 드리겠습니다."

"그래."

"역병을 지우는 일이 저희 상단을 위한 일일 것입니다."

함께 호열자를 상대로 싸워 나갔다.

그저 눈앞의 이익만 보면서 싸우는 것이 아니라, 내일과 더욱 많은 사람들을 위해서 싸우고자 했다.

오성이 부영의 어깨를 두드렸고 격려했다.

그로부터 며칠이 지났을 때였다.

상자에 모양이 잡히지 않은 석감들이 가득 실렸고 선적이 되면서 나라 밖 각지로 보내게 되었다.

대만과 아이누로 전해졌고, 대만에서 진랍과 스리비자야로 다시 전해지려고 했다.

사람을 널리 이롭게 하는 옛 조선의 가르침을 실천하려고 했다.

삼화에서 석감을 가득 실은 상선이 출항하던 때였다.

연개소문이 태왕으로부터 부름을 받아 편전으로 향했다.

그곳에서 태왕과 독대를 이루었고 동조선에서 있었던 태왕녀의 이야기를 들었다.

빈 찻잔을 탁자 위에 내리면서 고보장이 말했다.

"백성들이 만세라고 외쳤다고 한다."

"태왕녀 마마께 말씀입니까?"

"예로부터 동조선 백성들은 자신에게 은혜를 주는 자에게 최고의 찬양을 올렸었다. 때문에 만세가 최고의 찬양이고, 그것이 태왕녀에게 향할 수도 천군에게도 향할 수 있다. 오히려 만세나 천세로 급을 나누는 것이 까다로운 법이지, 솔직히 고려의 방식도 아니다."

"만세는 당나라에서 생겨난 말입니다."

"알고 있다. 그리고 한문과 나라를 다스리는 방법도 당나라를 비롯한 황하 무리로부터 들여왔다. 이미 유용하게 쓴 바, 애써 막지는 않을 것이다. 그리고 백성이 만세를 쓰지 않겠다고 하면 쓰지 않을 것이고 편히 쓰겠다고 한다면 쓸 것이다. 오직, 백성의 기쁨을 보고 이 나라에 대한 환호라는 기준을 볼 것이다."

해정에게 있었던 일을 고보장이 알렸다.

그 말을 듣고 연개소문이 입꼬리가 늘어났다.

다시 자신이 택하고 택함을 받은 성군의 모습을 보고 있었다.

그가 여식에게 질투하지 않고 자랑스러워했다.

"짐보다 낫다."

"백성들의 환호 때문에 말씀입니까?"

"그런 것도 있고, 짐보다 더 많은 백성들의 손을 잡아줬다. 아직 짐은 사비성에 가보지 못했다. 그리고 동조선도 마찬가지다. 하지만 짐의 여식은 사비와 금성과 온 삼한 일대로 향하면서 백성들의 마음을 어루만졌다. 백성에게 용서를 구하고 용서를 받아 나라를 하나로 합친 것은 짐이 한 일이 아니다."

숨을 한 번 고른 뒤 연개소문에게 말했다.

“짐은 백성의 목숨으로 통일을 이룬 옛 나라의 군주다. 하지만 새 나라의 군주는 진정으로 백성의 뜻을 합친 군주가 되어야 한다. 오직 태왕녀만이 이 조건에 부합된다. 하여, 짐은 이제 태왕녀에게 태왕위를 물려줄 것이다. 이것에 관해서는 어느 누구에게도 의견을 묻지 않을 것이다.”

고보장이 뜻을 세우면서 연개소문에게 말했다.

태왕의 뜻을 확인하고 연개소문이 머리를 숙이면서 응답했다.

“소신은 오직 태왕 폐하께 충성을 바치겠습니다. 죽어라 명하신다면 따를 것인 즉, 그저 하명하시면 되실 것입니다. 태왕녀 마마를 태왕 폐하로 받드는 일도, 폐하를 옹위해드리는 것도, 오직 태왕 폐하의 하명으로만 이뤄질 것입니다.”

연개소문이 명을 받들자 고보장이 미소를 보였다.

“짐과 함께 해주어서 고맙다. 공이 있었기에, 이 나라가 지켜질 수 있었다. 천군에 관한 것은 차치하고서라도 말이다. 공과 함께 할 수 있었던 것이 큰 영광이다.”

연개소문에게 고보장이 감사의 뜻을 전했다.

그 말을 들은 연개소문이 쉽게 머리를 들지 못했다.

그저 숙인 머리와 어깨를 들썩일 뿐이었다.

“태왕 폐하를 모실 수 있어서 영광이었습니다…….”

눈물 한 방울이 탁자 위로 떨어졌다.

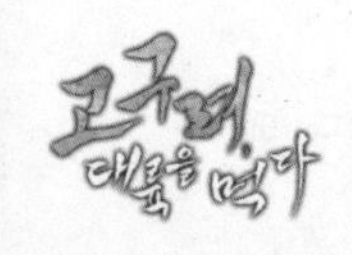

흐느끼는 연개소문을 보면서 고보장이 미소 지었다.
그리고 일어나서 연개소문에게 목례했다.
세상을 향해서 함께 싸워줬던 친우이자 전우였다.
그에게 예를 다하고, 앞으로도 나라와 백성을 위하고자 했다.
며칠 뒤 대전에서 어전회의가 이뤄졌다.
삼정승이라 할 수 있는 연개소문과 양만춘과 권오성이 있었고, 공조판서를 대리하는 진하와 외교부사인 김인문, 호조판서 유온, 평양부사 서온찬이 함께 했다.
또한 여러 문무백관이 함께 하는 가운데, 각지 총독인 김유신이나, 성충, 연정토, 고마로 등은 회의에 참여하지 않았다.
속말부사로 백성들을 다스리는 걸사비우가 불참했고, 진랍과 함께 안남을 정벌한 창운과 안련이 불참했다.
사영이 수군으로 고려 서해를 지키고 있었고, 용호대장인 온연수가 내원에서 용호대를 훈련 시키고 있었다.
참석할 자들만이 모두 참석해서 태왕으로부터 중요한 이야기를 들었다.
그의 이야기를 듣고 눈을 커다랗게 키웠다.
'지금…….'
'태왕 폐하께서…….'
'무슨 말씀을 하신 건가……?'

'태왕위를 양위하시겠다니……?!'

옥좌의 태왕을 바라보는 유온과 서온찬의 시선이 흔들렸다.

진하와 김인문의 눈동자도 요동치는 가운데, 평양으로 돌아와서 어전회의에 참석한 을지현도 태왕을 보면서 눈을 부릅떴다.

태왕의 이야기를 듣고 오성도 충격 받았다.

어전회의에 참석하라는 이야기를 내관을 통해서 해정이 들었었다.

옥좌 아래에 선 해정이 몹시 놀란 표정으로 아버지를 올려다봤다.

'아… 아바마마께서 나를……?'

신하들에게 알린 고보장이 다시 정리해서 뜻을 알렸다.

"이런 고로, 짐은 태왕녀에게 태왕위를 물려 줄 것이오. 새 나라엔 새 군주가 필요한 법이니까 말이오. 짐은 옛 군주요 태왕녀는 새 군주가 될 것이오. 짐은 신하들의 도움으로 땅을 하나로 합쳤지만, 태왕녀는 스스로 백성들을 하나로 합쳤으니 말이오. 이제 이 나라 백성들은 더욱 위대한 군주의 지도로 평안과 번영을 이룰 것이오."

태왕의 울림이 대전 안에서 묵직하게 울려 퍼졌다.

온 대신들이 충격을 받은 가운데, 오직 연개소문만이 담담한 모습을 보이고 있었다.

누구도 상상하지 못한 일이 벌어지려고 했다.

천군도 감히 예상하지 못한 일이었다.

시선이 흔들리는 오성을 보고 차분한 모습을 보이는 연개소문을 양만춘이 봤다.

양만춘이 그에게 조심스럽게 물었다.

“알고 있었소?”

연개소문이 대답했다.

“알고 있었습니다. 그리고 폐하의 뜻입니다. 폐하께서는 오직, 백성을 위하십니다.”

백성과 후손들을 위한 결의였다.

그 뜻이 온 세상에 전해지려고 했다.

새로운 길이 열리다

태왕이 양위의 뜻을 밝혔다.

태왕의 뜻을 확인한 신하들이 일제히 목소리를 높였다.

대전 중앙으로 나서서 태왕에게 간언하지 않고 그 자리에 서서 일제히 목소리를 내었다.

"아니 됩니다! 폐하!"

"태왕녀마마께 양위를 하신다니요!"

"위대하신 선태왕 폐하도 계셨지만, 이 나라는 폐하의 치세 위에 세워졌습니다!"

"신들과 백성들은 오직 폐하의 은혜 안에서만 살 수 있습니다!"

"신들과 백성들을 버리지 마시옵소서! 폐하!"

"폐하!"

유온과 서온찬이 목소리를 높였다.

심지어 진하마저도 목소리를 높이면서 태왕에게 반대의 뜻을 보였다.

그러한 대신들의 외침을 보면서 고보장이 미소 지었다.

그리고 말했다.

"짐에 대한 충성심을 보여주기 위해서 하는 행동이라면 하지 않아도 된다. 공들을 시험하기 위해서 양위하겠다고 말하는 것이 아니니까. 단지 백성을 위한 선택이다."

다시 태왕이 뜻을 밝혔고, 서온찬이 허리를 구부리면서 앞으로 나왔다.

"하오나, 백성들을 위한 선택이라 말씀하셔도 양위하심은 아니 됩니다! 폐하께서는 치세로 이 나라를 강국으로 만드셨고, 백성들을 평안하게 하셨습니다! 옥체 강건하심이 충만하신데, 어찌 백성들을 위한 일이라고 말씀하십니까! 백성들을 위하시는 일은 폐하의 치세가 이어지는 것입니다, 폐하!"

다시 반대의 뜻을 밝혔다.

그리고 그의 의견이 양위를 반대하는 대신들의 의견이기도 했다.

그들의 반론을 들으면서 고보장이 품고 있던 뜻을 밝혀

주었다.
"태왕이 할 수 없는 일을 하기 위함이다."
"예?"
"짐이 이 자리를 지키고 있기에, 백성들을 위해서 더 많은 것을 할 수 없다. 하지만 태왕녀가 태왕 위에 오른다면, 짐은 상태왕으로 태왕과 백성들을 일을 할 수 있다. 태왕을 대신해 만주와 삼한, 탐라, 동조선으로 향할 수 있다. 그리고 아이누와 대만, 진랍과 스리비자야로도 향할 수 있다."
"폐하……!"
"태왕실을 걱정하지 않고 군사들을 이끌며 전장으로 향할 수 있다. 그런 일을 짐이 하기 위함이다. 또한 태왕녀는 짐의 첫째며, 고씨 핏줄이다. 지혜 있으며 이미 검증이 된 바, 태왕녀가 지금 태왕위를 이어야 한다."
나름의 이유를 들면서 서온찬에게 말했다.
그러자 이번에는 유온이 앞으로 나와서 이야기 했다.
"물론 폐하께서 하신 말씀이 옳습니다! 태왕녀마마께서도 여느 군주들보다 지혜와 능력이 뛰어나신 분이십니다! 하오나, 태왕위에 오르시기에 합당하지 못한 것이……!"
유온의 말을 끊으면서 태왕이 물었다.
"합당하지 못하다면 어떤 점에서 말인가?"
"그…그것이……."

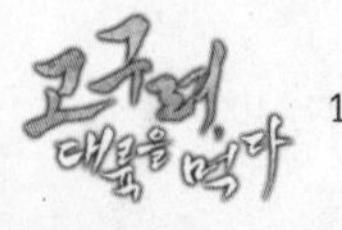

"생각한 바를 말하라. 어떤 의견도 짐이 듣고 응답할 것이다. 무엇이 합당하지 않은가?"

어떤 이야기라도 들을 수 있는 군주였다.

때문에 두렵지 않았다.

그저 당당히 자신의 생각을 밝힐 뿐이었다.

"남자가 아닌, 여자이십니다!"

"……"

"여자이시기에 태왕위에 오르시기에 합당하지 않습니다! 하오니……!"

다시 태왕이 물었다.

"이 나라에 남자만 태왕이 되어야 한다는 법이 따로 있었던가?"

"예?"

"짐이 알지로 남자만 태왕이 되어야 한다는 법이 없는 것으로 안다. 그러면……."

다시 유온이 말했다.

"관례가 있사옵니다! 관례대로 태왕실 종친 중에서 남자가 태왕위에 올라야 합니다! 하오니……!"

조금 목소리를 높이면서 태왕이 말했다.

"관례대로 하자면 짐은 이 자리에 오를 수 있었겠는가?"

"예?"

"법도도 법도지만, 관례대로 하자면 군주를 거역하는 것은 반역이다. 짐이 이 자리에 있을 수 있었겠나?"

"……!"

"대답해 보라."

"……."

태왕의 물음에 유온이 꿀 먹은 벙어리가 됐다.

어떤 이야기도 들을 수 있는 군주인 것은 맞았다.

하지만 잘못 이야기 하면 태왕의 정통성을 부정할 수 있었다.

겁에 질린 유온을 고보장이 가만히 내려다보았다.

때문에 유온이 더욱 큰 두려움을 느꼈다.

대전의 공기가 매우 무거웠다.

온 대신들이 얼어붙어서 아무 말도 할 수 없는 가운데, 태왕이 피식 웃으면서 분위기를 풀었다.

"어떤 뜻으로 말했는지 안다."

"폐하. 주…죽을죄를 지었습니다……."

"죽을죄도 아니고, 짐에게 잘못한 것도 없다. 기존의 방식이 보통 옳은 경우도 많기에 충분히 공이 말할 수 있다. 하지만 기준은 명확해야 한다. 짐이 어떤 기준을 세웠는지 보여줄 것이다."

지은 죄가 없기에 용서할 일도 없었다.

그 사실을 알리면서 고보장이 오성을 불렀다.

"우의정."

"예. 폐하."

"짐이 이 나라를 다스리는 데에 있어서 어떤 기준을 두는가? 그리고 짐은 무엇을 위해서 거병했나?"

미소를 지으면서 물었다.

그리고 오성이 목을 가다듬으면서 자세를 낮추고 대답했다.

"백성을, 위해서였습니다."

"그렇다면 태왕녀에게 태왕위를 물려주는 것은 백성을 위한 일인가?"

다시 태왕이 물었고 오성이 슬쩍 고개를 들면서 태왕을 올려다봤다.

그리고 아래에 서 있는 태왕녀를 봤다.

'스승님…….'

"……."

몹시 당혹스러운 표정을 짓고 있었다.

어쩌면 자신의 주장으로 그녀의 운명이 정해질지도 몰랐다.

하지만 기준은 명확했다.

"백성을 위한 일입니다."

대답을 듣고 기다렸다는 태왕이 말했다.

"공이 생각하는 근거가 있다면 말해 보라."

이미 의견이 일치해 있었다.

서로가 서로의 생각과 마음을 잘 알고 있었고, 오직 고려와 백성들을 위해서만 길을 내고자 했다.

그런 의지를 가진 태왕의 결단을 오성이 도우려고 했다.

"우선 폐하의 첫째이십니다. 충분히 백성들을 다스리실 수 있을 지혜를 가지셨고, 증명 또한 하셨습니다. 온 백성이 태왕녀마마를 찬양하고 있습니다."

"성별의 문제는 없는가?"

"없습니다."

"근거는?"

"용호대장도 여자이지만 일당백 이상의 장수입니다. 남자이기에 탐관오리가 아니라는 보증이 없듯이, 여자이기에 무능하다고 말 할 수 없습니다. 백성을 위하는 의지와 지혜에서 성별의 차이는 무의미합니다."

오성의 이야기를 듣고 고보장이 고개를 끄덕였다.

태왕에게 간언을 올린 뒤 오성이 해정을 봤다.

'스승님…….'

혼란에 빠진 표정을 짓고 있었다.

감당하지 못할 짐을 맡게 될 것이라는 두려움이 태왕녀의 얼굴에 새겨져 있었다.

그리고 대신들이 여전히 태왕의 판단에 동의하지 않고 있었다.

다시 서온찬이 태왕에게 말했다.

"만약, 태왕녀마마께서 태왕위에 오르셨는데, 어떤 이와 혼례를 치르시고 태왕자마마를 생산하시면 어찌 되겠습니까? 만약에 태왕자마마께서 고씨 성이 아니시면……."

남은 우려를 말하던 중에 연개소문이 나서서 말했다.

"황자 전하께서 계십니다."

"예?"

"태왕 폐하의 연소하신 황자 전하께서 말입니다."

"……"

"때문에 태왕녀마마께서 태왕자마마를 생산하시더라도, 태왕실의 성씨가 바뀔 일은 없습니다."

연개소문의 말에 우려를 나타내던 서온찬이 침묵했다.

대신들 사이에서 웅성거리는 소리가 이어졌지만 다시 나서서 반박하는 대신들이 없었다.

그러한 분위기를 고보장이 살피다가 양만춘에게 물었다.

"좌의정은 어떻게 생각하는가?"

태왕의 질문을 듣고 양만춘이 빠르게 대답했다.

"찬동합니다."

"백성을 위해서인가?"

"폐하를 위해서입니다."

"짐을 위해서라고?"

"폐하를 위하는 것이 곧 백성을 위하는 것이니까 말입니다. 어떤 결정을 내리시더라도 신은 폐하의 결정을 따를 것입니다. 폐하."

대답을 듣고 고보장이 흡족한 미소를 지었다.

이어 마지막으로 대신들에게 물었다.

"이견이 있는 신료는 또 있는가?"

"……."

완전히 침묵했다.

그것으로써 대신들의 뜻도 정해졌다.

삼정승의 뜻이 일치되었고, 그것이 곧 대세였다.

온 대신의 뜻을 하나로 합친 뒤 해정에게 고보장이 물었다.

"대신들의 뜻이 이러하다. 아비가 너에게 태왕위를 물려주고자 한다. 그러니 이 나라 백성과 후손들을 위해서 받거라."

아버지의 명에 해정이 쉽게 대답하지 못했다.

난처한 모습을 보이면서 입술을 꾹 다물었다.

손을 모아 주먹을 쥐었고 덜덜 떨었다.

자신이 아버지만큼 나라를 잘 다스릴 수 있을지 의문이었다.

아비를 대신하여 백성을 보살피는 것과 태왕이 되어 나라를 다스리는 일이 같을 수 없었다.

큰 부담이 어깨 위에 놓이고 답답한 마음을 느낄 때였다.

그때 천군의 속삭이는 듯한 소리가 들렸다.

"태왕녀마마. 제가 도와드리겠습니다."

"……."

"영의정 어르신과 좌의정 어르신과 제가 태왕녀마마를 도와드릴 것입니다."

그의 말에 몸의 떨림이 사라졌다.

거짓말 같이 마음이 안정되었고, 아버지를 실망시키고 백성을 위하지 못할 것이라는 생각이 옅어졌다.

부정적인 생각보다 할 수 있다는 생각이 스며들었다.

신하들이 많았지만 오직 한 사람만으로도 충분했다.

그와 함께 한다면 나라와 백성을 위할 수 있을 것 같았다.

용기와 희망을 얻게 되면서 입술을 열었다.

"태왕 명을 받들겠습니다… 폐하."

여식에게 위로와 격려를 전했다.

"이제부터 백성이 만세를 외친다면, 아비가 아니라 널 위해서 외치는 것일 거다. 그러니 여태 해 왔던 것처럼 백성을 위해라. 그러면 백성들은 너에게 충성을 바칠 것이고, 네 명을 목숨처럼 여길 것이다. 오직, 위민으로서만 태왕실의 위엄을 지킬 수 있다."

"명심, 하겠습니다. 아바마마."

여식을 자랑스럽게 여기면서 흐뭇하게 미소 지었다.

그리고 연개소문과 양만춘과 권오성을 차례대로 보았다.

세 사람을 믿으면서 명을 내렸다.

“길일을 택해 즉위식을 치를 것이다! 그리고 고려는 새로운 나라로 거듭날 것인 즉, 새로운 태왕에게 온 백성이 경배할 것이며, 새로운 태왕은 이 나라 만민을 넘어 동맹의 백성들까지 지켜주고 경의를 얻을 것이다! 세 의정과 대신들은 즉위식을 준비하라!”

오성을 비롯한 온 대신이 외쳤다.

“태왕 명을 받들겠습니다! 폐하!”

그로부터 보름이 지났을 때였다.

여름의 끝자락에 이르러 나라의 기쁨이 충만해졌다.

백성들의 환호가 하늘을 울렸다.

용호대에 다시 새로운 힘이 더해지다

수개월 전의 일이었다.

소총이 개발되었던 화기 시험장에서 천둥소리가 울려 퍼졌었다.

탕! 탕!

"……."

탕!

맹렬한 파열음이 하늘에 울려 퍼졌다.

크지 않은 불꽃이 일어나면서 총성이 일어났지만 여느 소총의 총성과는 완전히 달랐다.

그야말로 공기가 찢어지는 듯한 소리였다.

그리고 연무도 거의 나지 않았다.

모든 화기의 아버지라고 할 수 있는 무기가 천군의 손에 들렸고, 그 무기가 이내 탁자 위로 조심스럽게 놓였다.

천군 옆에는 오직 그가 신뢰할 수 있는 한 사람만이 서 있었다.

하늘 무기 옆에 새끼손가락 크기만 한 기물이 세워졌으니, 그것을 본 두건 쓴 이가 물었다.

"이것이, 하늘나라 무기의 총탄입니까?"

창운이 오성에게 물었다.

동생의 질문에 오성이 알렸다.

"위는 탄두고, 아래는 탄피야. 그리고 탄피 속에 우리가 아는 화약이 담겨 있어. 연기가 나지 않는 무연 화약이기에 조금 다르지만 말이야. 여기 탄창에 실탄들을 꽂아서 총기에 결합하면, 노리쇠가 전진하면서 약실로 실탄을 밀어 넣어. 그리고 방아쇠를 당기면……."

"발포가 이뤄집니까?"

"공이가 실탄 뒤쪽을 쳐서 화약을 점화 시켜. 그리고 이런 무기를 만들려면 기계를 정밀하게 만들 수 있어야 해. 1소자를 100분의 1로 쪼개서 만들어야 하니까. 때문에 이것과 똑같이 만들 수는 없을 거야."

"하오면 어떻게……."

"개량할 수 있을 만큼 개량해야지. 먼 거리에서 저격이

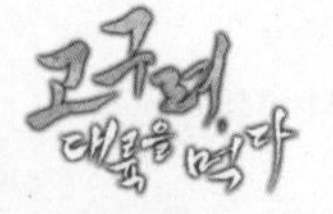

가능할 수 있도록, 총신을 늘려 보려고 하니까. 총신이 길어지면 사정거리가 길어지고 정확도도 높아져. 당연히 총구로 총탄을 장전하기가 힘들어져서 뒤쪽으로 장전해야 되니까, 방금 보여준 방식이 응용되어야 해."

형의 목표점을 듣고 창운이 말했다.

"최대한 노력해보겠지만 보통의 양만큼 만들 순 없을 겁니다."

"정교하게 만들어야 되니까?"

"총신의 길이를 두 배로 늘인다고 장인들의 노력도 2배로 늘어나는 것은 아닙니다. 4배 8배가 될 수 있습니다."

"어차피 저격을 위한 총을 만드는 거니까. 100정에 1정 정도만 만들어져도 대성공이야. 그리고 용호대에 10정 가량 지급 될 거야. 보통의 부대와 다른, 적에게 치명적인 임무를 맡아왔으니까. 그리고 이것으로 전장식이 아닌 후장식을 시험할 거야."

하늘나라 무기라는 좋은 견본이 있었다.

그러한 견본을 통해 소총을 새롭게 개량해보려고 했다.

물론 고려의 기예가 하늘나라의 기예를 따라잡을 수 없었지만, 적용될 수 있는 기예를 적용 시켜서 군을 강화시키려고 했다.

용호대의 전술 능력을 확장시키려고 했다.

몇 개월 만에 정확도를 천군이 주문한 총이 만들어졌고, 그 위력이 입증되면서 군에 지급이 시작됐다.

용호대에 총신이 길어진 총이 지급됐다.

이름은 따로 정해지지 않았다.

그런 총이 있다는 것을 최대한 비밀로 유지하려고 했다.

총신이 길어질 수 있지만 장전 방식이 눈에 띄어서는 안 됐다.

녹음이 짙은 산과 숲이 차츰 색을 갈아입던 시기였다.

땅에서 솟아오른 듯한 바위에 검은 옷을 입은 자들이 줄을 매달고 오르고 있었다.

맨 위에 치혁이 있었고, 그 아래에 연수가 있었다.

그리고 상온을 비롯한 대원들이 줄을 잡고 천천히 절벽을 오르고 있었다.

도중에 오르던 치혁과 연수가 멈추자, 아래에서 오르던 상온이 올려다보면서 외쳤다.

"과녁이 보입니까?!"

"그래."

"조심하십시오! 안전 줄이 있지만 그래도 위험합니다!"

상온이 연수를 걱정하면서 크게 외쳤다.

그리고 연수가 등에 메고 있던 총을 뽑아들면서 아래의 상온에게 말했다.

"전장이 훨씬 위험해. 적어도 이곳에선 우릴 죽이려고 하는 적이 없으니까. 그러니까 마음 편하게 총을 장전할 수 있어."

키만큼이나 총신이 긴 총을 메고 있었다.

메고 있던 소총을 빼들고 몸에서 가까운 총신 끝의 약실 뚜껑을 열었다.

약실을 열 때 '노리쇠'라 불리는 작은 손잡이를 틀어서 당겼다.

총탄 주머니에서 총탄을 꺼내, 이로 종이를 뜯고 종모양의 실탄을 꺼냈다.

그리고 노리쇠가 열린 약실 안에 꽂고 종이에 감싸인 화약을 조심스럽게 넣었다.

노리쇠를 민 후에 손잡이를 틀어서 폐쇄시켰다.

조선 소총과 마찬가지로 주머니에서 뇌관을 꽂고 격발기를 당겼다.

온 몸을 묶은 안전 줄이 절벽을 따라 이어진 줄에 묶었다.

절벽에 이어진 줄 사이사이마다 고리못이 비스듬하게 박혀 있었다.

때문에 헛디뎌서 떨어진다 해도 못이 박혀 있는 지점에서 걸릴 수 있었다.

오히려 무기로 무장한 적들이 위험했다.

그리고 주위에 어떤 적도 없었기에, 그저 편히 장전한 총으로 과녁을 노릴 뿐이었다.

총신이 길어 총구 끝에 세워진 가늠쇠가 매우 작게 보였다.

특정한 거리에 맞추기 위해서 가늠쇠를 깎아내 정조준을 할 수 있었다.

몸을 안전 줄에 맡기고 절벽에 붙어 있던 상태에서 견착대를 어깨에 붙였다.

그리고 심호흡 한 뒤 총을 당기듯이 검지를 당겼다.

탕!

소리와 함께 연수의 어깨가 조금 뒤로 밀려났다.

다시 총을 메고 대원들에게 이야기 했다.

"저격수는 내가 쏜 위치에서 쏜다."

"알겠습니다! 장군!"

대원들 중에 총신이 긴 총을 가진 자가 있었다.

그들은 저격을 주 임무로 하는 저격수였다.

그리고 눈이 매우 좋은 대원들이었다.

연수보다 더욱 높은 곳에 있던 치혁이 저격 총을 발포했고, 연수가 발포했던 자리에서 다른 저격수들이 총을 발포했다.

그리고 남은 대원들이 험지를 돌파하는 훈련을 벌였다.

줄에만 의지해서 세찬 계곡을 지났다.

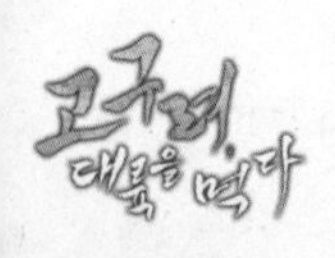

줄을 붙잡고 몸을 계곡물에 담갔을 때, 대원들이 입고 있던 옷에 대해서 감탄을 일으켰다.

"뭔가, 차가움이 덜 한데?"

"남쪽의 고무와 기름이 발린 옷이라서 뻑뻑하기만 할 줄 알았는데, 물이 젖지 않는다는 말이 사실인가 봐. 이런 옷이면 아무리 차가운 물속에도 한 시간 정도는 있을 수 있을 것 같아."

"정말 우리를 위해서 여러 가지 것들을 만들어 주셨어."

용호대를 위해 많은 것들이 만들어졌었다.

그중 한 가지는 방수복이었고, 비록 스며드는 물을 완벽하게 막을 수 없었지만 계곡물의 차가움이나, 그것보다 차가운 물의 한기를 막아낼 수 있었다.

고무와 기름이 섞인 화합물을 명주에 발라서 굳힌 뒤 1회성으로 쓸 수 있었다.

그렇게 침투 훈련을 벌이고 과녁이 있는 곳으로 왔다.

절벽과 과녁의 거리가 대략 400보였다.

과녁의 구멍 숫자를 확인하고 저격수들의 저격 능력을 확인했다.

산에서 훈련을 마치고 엄수를 건너서 내원으로 돌아왔다.

내원에 차린 군영에 도착했을 때, 내원 최고의 지주가 찾아온 사실을 알게 됐다.

그와 성주의 도움으로 주둔과 훈련의 비밀이 지켜질 수 있었다.

하인들을 통해서 지주가 몰래 술과 고기를 가져다 놓았다.

지주를 만난 연수가 머리를 숙이면서 감사의 뜻을 전했다.

“솔직히, 주둔지 선정도 쉽지 않았는데 도움을 주셔서 감사합니다. 어르신께서 땅을 내어주신 덕분에 저희들이 여러 훈련을 벌일 수 있었습니다.”

“고려를 위해서였습니다. 그리고 백성들과, 처남과, 처남의 의형제들을 위해서였습니다. 저에게는 그저 마땅히 해야 할 일입니다.”

안련의 매형인 율천의 이야기를 듣고 연수가 미소 지었다.

그리고 돌아서서 대원들의 모습을 봤으니, 이미 고기와 술을 먹을 수 있다는 생각에 기뻐하는 모습을 보였다.

산 속에서 어렵게 식사하고, 이제 주둔지에서 회식할 차례였다.

율천의 하인들이 돕고 있었다.

식사를 준비해주는 하녀들에게 대원들이 관심을 보이고 있었다.

그때 한 하녀가 상온에게 색실로 수놓은 수건을 줬다.

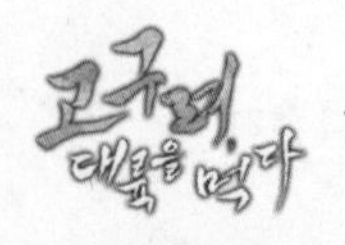

“뭔가 이건……?”

“장군을 위해서 드리는 거예요.”

“나…날 위해서……?”

“언제나 백성을 위해서 위험을 무릅써 주시니까요. 그런 장군님의 안위를 제가 간절히 바라고 있음을 기억해 주시기를 원해요.”

하녀이지만 깨끗한 피부와 아름다운 외모를 가졌다.

그것도 그럴 것이 율천의 집에서 일하는 하인과 하녀들은 전부 보통의 백성이었다.

누군가의 노예였지만 율천의 은혜로 자유를 얻은 사람들이었다.

그리고 율천을 곁에서 보필하고 있었으니, 해맑게 가늘어지는 하녀의 눈과 미소를 보면서 상온의 심장이 덜컥 내려앉았다.

‘이…이건…….’

가슴이 쿵쾅쿵쾅 뛰었다.

콧구멍에서 숨이 아닌 바람이 불기 시작했다.

상온이 자신에게 수건을 선물로 준 여인의 손을 잡았다.

“혹시… 연모하는 사람이라도 있는가……?”

“네……?”

“이름은 어찌 되나?”

“네에……?”

"그대에게 마음이 있다! 이름이 있다면 알려 달라! 평양에 갔다가 꼭 다시 올 것이니……!"

"……?!"

손이 붙들린 여인이 당황하는 듯한 모습을 보였다.

그 모습을 보면서 대원들이 고개를 절레절레 흔들었다.

대뜸 좋아한다는 마음을 전해봐야 손이 붙들린 하녀만 당황할 것이라고 생각했다.

하지만 하녀인 여인이 얼굴을 붉히면서 대답했다.

"소녀의 이름은……."

하녀가 이름을 밝히자 모든 이들이 놀라면서 충격을 받았다.

기대한 대로 현실이 펼쳐지지 않았다.

이름을 밝히는 하녀의 이야기를 부장이 들었고, 그녀의 이름을 듣고 대답을 들으면서 상온의 입꼬리가 귀에 걸렸다.

그 모습을 대원들이 보면서 기막혀 했다.

"부대장께서 여인의 마음을 얻으시다니, 어떻게 이런 일이……!"

개연성 없는 일에 황당함을 느꼈다.

그리고 용기 있는 사람이 미인을 얻는다는 말을 되새기게 됐다.

상온이 자신에게 마음을 주는 여인의 마음을 얻었고, 그

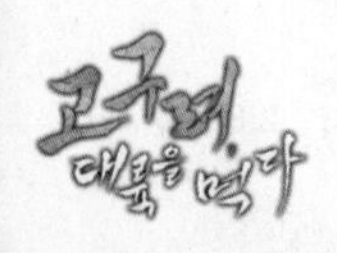

모습을 연수가 보면서 미소 짓고 있었다.

천군에 대한 지난 기억들을 떠올리고 있었다.

그때 율천으로부터 마저 듣지 못했던 이야기를 들었다.

"대원들과 함께 평양으로 오시라는 명령이 있었습니다."

"지금 바로 말입니까?"

"비밀을 위해 성주님께서 소인을 통해서 알리셨습니다. 최대한 빨리 평양으로 복귀해 달라는 명이 있었습니다."

천군이 보낸 지시였다.

율천의 알림을 듣고 연수가 고개를 끄덕였다.

"알겠습니다."

오랜 훈련으로 쌓인 피로를 하루 동안 풀었다.

저녁에 배를 든든히 불리고, 율천의 땅에서 세워진 군영에서 숙면을 취했다.

그리고 다음 날 군영을 정리한 뒤 대원들과 함께 평양으로 향하였다.

말을 타고 빠르게 평양으로 돌아왔다.

다시 명령을 받았으니, 그것은 고려와 백성들의 미래를 위한 특명이었다.

궁문 앞, 거리로 백성들이 쏟아져 나와 있었다.

백성들 사이에서 대원들이 숨어들어 경계를 벌였으니,

그들은 반드시 자신들의 정체를 숨겨야 했다.

어떤 이는 거리 악사처럼 행동하면서 거문고 뒤로 총과 검을 숨겼다.

어떤 이는 상단 호위 무사 같은 모습을 보이면서 무기를 소지했고, 어떤 이는 화려한 옷을 입어 부호나 명가의 자제 같은 모습을 보였다.

치혁이 부호의 자식으로 자신의 머리와 발끝까지 꾸몄었다.

그리고 상온이 그의 하인 역할을 맡으면서 지시를 받았다.

치혁이 거드름을 한껏 드러내면서 상온에게 말했다.

새로운 태왕이 보위에 오르다

평소 같으면 결코 있을 수 없는 일이었다.

하지만 유일하게 허락된 시간이었고, 그 시간을 즐기고자 했다.

화려한 옷차림을 한 치혁이 상관이자 부장인 상온을 하대했다.

“사람들이 많아서 뭔가 덥구나. 어서 부채를 부쳐봐라.”

“…….”

“부채를 부쳐보라는데 뭐하는 게냐? 냉큼 부치지 못할까?!”

치혁이 상온에게 짜증을 내면서 소리쳤다.

그의 소리에 상온이 인상을 팍 쓰면서 치혁에게 얼굴을 붙였다.

"죽고 싶어? 어?"

목에 잔뜩 힘을 주면서 주변이 들리지 않도록 작게 말했다.

상온의 경고를 듣고서 치혁이 당황하면서 손사래를 쳤다.

"아니, 이러시면 들킨다니까요……!"

"……."

"실감나게 해야, 우리가 경계를 서는지 적도 모를 거 잖아요…! 어서 얼굴 떼세요! 들키면 모든 게 끝장이니까……!"

다급하게 치혁이 말했고, 그 말을 들은 상온이 탐탁지 못한 표정을 지었다.

틀린 말이 없었기에 수긍해야만 했다.

하지만 기분이 좋지 않았다.

얼굴을 떼고서 인상을 썼으니, 이내 다시 치혁의 호통을 들어야 했다.

"어서, 부치지 못할까?!"

죽을 것 같은 표정으로 치혁에게 부채를 부쳐줬다.

그 모습이 마치 몸 좋은 하인이 부호의 자제를 받드는 듯한 모습이었다.

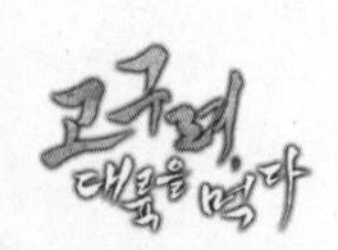

두 사람과 대원들이 거리 곳곳에 숨어 있었고 저마다의 모습으로써 위장해 있었다.

어떤 자는 부랑자 같은 모습을 하고 있기도 했다.

그런 대원들의 모습을 연수가 보고 있었다.

대원들과 함께 궁궐 앞 광장을 지키는 것이 그녀의 임무였다.

건물 지붕 위에 백성으로 위장한 대원들이 있었다.

경계를 위해서 선 군사들 곁에서 돕는 백성의 행세를 하며, 언제든지 긴 저격 총을 들 수 있도록 태세를 갖추고 있었다.

그리고 거리의 백성을 지키며 감시를 벌이고 있었다.

궁문 앞에 단상이 있었고, 그 위로 서게 될 위인이 나타나기를 기다렸다.

닫힌 궁문 안에서 성대한 예식이 치러지고 있었다.

대전 앞마당 양편으로 문무백관이 양 편으로 열 맞춰서 서 있었다.

풍요로 가득 찬 가을 하늘이 높은 가운데, 금실로 수가 놓인 태왕의 옷을 한 여인이 입고 대전 중앙에서 걸었다.

모든 이들이 그녀의 만세를 원했다.

그리고 여인이 대전 앞 단상 위에 오르자, 그녀의 아비가 미소를 보이면서 당부를 전했다.

"이제 너에게 이 나라의 모든 권력이 넘겨질 것이다. 그

권력을 오직 고려와 백성, 정의를 위해서 써라. 신하들의 의견을 경청하고 네가 가진 지혜를 믿지 마라. 만인의 지혜를 믿고 정도의 길을 걸어라. 진실에서 나오는 신뢰가 있다면 넌 위엄을 얻을 것이다. 그 위엄으로 이 나라와 백성을 다스리고 천하를 조율하라."

태왕인 고보장이 여식인 고해정에게 당부했다.

아비의 부탁을 받은 해정이 머릴 숙이면서 아비의 지시를 받들었다.

"소녀, 아바마마의 말씀을 명심, 또 명심하겠습니다. 진실의 힘으로 나라와 백성을 위하고 동맹을 살피겠습니다."

머릴 숙이며 답하는 해정을 고보장이 흐뭇한 시선으로 지켜봤다.

그리고 곁에서 보필하는 내관에게 시선을 주었다.

그러자 태왕의 권력을 상징하는 어새와 태왕의 권위를 상징하는 금관이 해정 앞으로 놓였다.

고보장이 친히 해정의 머리 위로 금관을 씌워줬다.

그 모습을 연개소문과 양만춘, 권오성 등이 함께 지켜봤다.

창운과 안련 등의 무장이 나라 밖과 외곽을 지키는 가운데, 태왕 즉위식에 참여할 수 있는 모든 대신이 참여해 있었다.

이내 가벼우면서도 묵직한 금관을 머리 위에 씌워지며, 해정이 고개를 들어 아비의 얼굴을 보았다.

"축하하오. 이제 백성들의 만세는 오직 태왕에게만 향할 것이오. 짐이 태왕의 만복을 소망하오."

"감사합니다. 아바마마."

"이제 천하에 새로운 태왕이 섰음을 알리시오."

"예. 아바마마."

아비의 당부를 들으면서 해정이 돌아섰다.

금관을 쓰면서 태왕위에 오른 해정이 온 대신들의 시선을 주목 받았다.

가장 가까운 곳에 서 있던 연개소문이 제일 먼저 찬양을 올렸다.

"대고려국! 만세!"

"만세! 만세! 만세!"

"대고려국! 태왕 폐하! 만세!"

"만세! 만세! 만세!"

"와아아아~!"

함성이 크게 일어났다.

영의정인 연개소문의 선창으로 온 대신들이 함성을 일으켰다.

그들의 함성을 받으면서 해정이 당당하게 걸었고, 그녀의 뒤를 따라서 백관들이 따라 움직였다.

잠시 후 안학궁의 궁문이 열렸다.

궁문이 열리자 모여 있던 백성들이 소리를 일으켰다.

"문이 열렸다!"

"설마 태왕 폐하이신가?!"

"금관을 쓰셨어!"

"태왕 폐하시다! 태왕녀마마께서 태왕위에 오르셨어!"

"만세! 만세! 만세! 태왕 폐하! 만세!"

"와아아아아~!"

하늘이 떠나갈 듯이 소릴 질렀다.

10만 명이 넘는 온 백성이 거리를 채웠고 팔을 번쩍 올리면서 만세를 외쳤다.

백성들의 기쁨이 지축을 흔드는 듯했다.

아버지가 아닌 자신을 위한 함성을 해정이 내려다보았다.

그녀의 가슴 속에서 불꽃이 타기 시작했다.

그것은 백성과 태왕실과 정의를 세워야 된다는 사명감이었다.

부담을 감당해야 했고 반드시 견뎌야 했다.

그렇게 의지를 세운 새로운 태왕을 오성이 뒤에서 보고 있었다.

그의 곁으로 연개소문이 와서 이야기 했다.

"새로운 시대가 찾아왔군요."

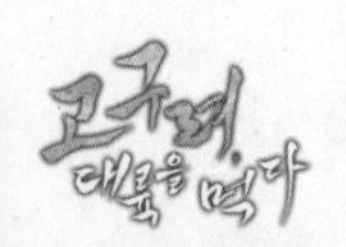

"예. 어르신."

"정말, 동쪽에서는 감히 상상하지 못할 일입니다. 물론 신라에서는 여인이 군주에 올랐었지만 말입니다. 서역에서 여인이 군주가 되었을 때 가문이 달라도 자식이 군주위에 오른다고 들었습니다."

서양의 문화를 알고 있었다.

그리고 미래의 왕위 계승을 알고 있었다.

연개소문의 말에 오성이 해정을 바라보면서 이야기 했다.

"때로는 새로운 길이 정답일 때가 있습니다. 하지만 천천히 걸어야 됩니다. 새로운 길에 강이 있을 수도 있으니까 말입니다. 배나 다리를 만들지 않고 강을 건너려 한다면 익사하게 됩니다. 분명히 한계가 있기 때문에 백성들의 관념을 초월할 순 없습니다."

오성의 이야기를 듣고 연개소문이 고개를 끄덕였다.

"후에 바뀔 수도 있겠군."

"후손들이 정할 일입니다. 우리는 우리가 할 수 있는 최선을 다하고 짐을 후손들에게 넘겨주는 것입니다. 제가 어르신과 함께 태왕 폐하를 도와드릴 것입니다."

미래의 방식이 있었다.

하지만 그것이 전부 옳은 것은 아니었다.

또한 옳다고 해서 사람들이 받아들이지 못하는 부분도

있었다.

때문에 폭력으로 변화를 이루고자 하지 않으면 반드시 때가 오기를 기다려야 했다.

그때는 사후가 될 수도 있었고, 폭력으로 혁명을 일으킨다고 해서 원하는 결과를 얻는 것도 아니었다.

오직 논의와 설득으로 천천히 걷고자 했다.

그렇게 내일을 그리면서 외국 사절이 새로운 태왕에게 축하를 전하는 모습을 지켜봤다.

아이누에서 온 이츠키가 새 태왕을 향해서 머릴 숙이며 인사했다.

"경하드립니다. 폐하."

"감사합니다. 아이누 황제가 특별히 신경 써서 사절로 보냈었는데, 평양에서 편히 지냈습니까?"

"매우 편히 지냈습니다. 그리고 하대하셔도 됩니다."

"……."

"상태왕 폐하와 태왕 폐하의 은혜입니다. 전언으로 고려에서 보내주신 의서 덕분에 호열자를 치료하고, 석감 덕분에 호열자를 예방할 수 있게 되어서 우타리 백성들이 살았습니다. 그것에 관해서 황제 폐하께서 감사를 전해 달라고 하셨습니다."

이츠키의 전언에 해정이 고개를 끄덕이고서 이야기 했다.

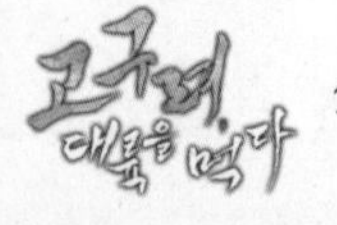

어색하지만 그의 말대로 하대하면서 말했다.

"아바마마이신 상태왕 폐하께서 하신 일이다. 그리고 영의정, 좌의정, 우의정을 비롯한 대신들이 도왔다. 짐이 한 것은 아무 것도 없다. 그저 동맹의 백성이 무사하다는 소식에 기쁠 따름이다."

겸손을 보이면서 해정이 말했다.

역관의 통역이 이츠키에게 전해지고, 이츠키가 미소를 보이면서 다시 머리를 숙였다.

"황제 폐하께서 보내주신 답례품을 내관들에게 건넸습니다. 하지만 갑자기 즉위식에 참관하게 되어서 폐하의 즉위에 축하드리는 선물은 아닙니다. 돌아가서 폐하께 말씀드리고 선물을 가지고 다시 오겠습니다."

이츠키가 해정에게 감사를 전했다.

그 말에 해정이 고개를 끄덕이면서 내관을 불렀다.

먼저 선물을 주고자 했다.

"비단과 홍삼, 향이 나는 최고의 석감을 선물로 전하라. 그리고 장인들이 제련한 최고의 철괴와 동괴들을 보내라."

"예. 폐하."

내관들이 해정의 명을 받들면서 지시를 전달했다.

아이누뿐만이 아니라, 진랍과 스리비자야에서도 사신들이 와서 감사의 뜻을 전했다.

그들은 고려를 통해서 호열자를 치유하고 막아냈다.
그 감사를 전하려고 고려에 왔었다.
그리고 아이누 사신들과 마찬가지로 태왕녀의 즉위식을 예상치 못하게 참관하게 됐다.
대만에서 온 원주민을 대표하는 자들도 함께 있었다.
그렇게 선물이 오가고 있었고 동맹들의 교류가 더욱 짙어지고 있었다.
소식을 들은 양만춘이 오성에게 말했다.
"우리 것을 많이 찾는다더군."
"사신들이 말씀입니까?"
"상인일세. 온 상인이 고려에 모여들고 있으니까 말이야. 교역에 필요한 원화는 물론이고, 철수레에 관한 문의도 계속해서 이어지고 있다고 하네. 전에 자네가 궁중에서 나간 조리장에게 몇 가지 음식들을 알려줬었다고 했는데, 어떤 요리를 알려줬는지 기억나는가?"
"떡볶이, 소갈비 찜, 탕평채, 여러 가지 있었습니다."
"그런 요리들에 관한 조리서도 구한다고 하더군. 이번에 사신들이 오면서 상인들도 함께 온 모양일세."
단순히 축하하기만 위해서 온 것은 아니었다.
사신들과 함께 상인들이 왔고, 고려에서 이문을 남길 수 있는 것을 구하려고 했다.
운송에 큰 도움을 주는 철 수레부터 고려의 음식을 어떻게 만드는 지에 대한 지식까지 다양하게 구하려고 했다.

그런 분위기를 양만춘을 통해서 오성이 들었다.

그때 오성의 머릿속에서 생각이 번쩍 들었다.

'잠깐, 이러면 이런 것도 가능할 것 같은데?'

미래의 지식과 지혜가 머릿속에서 펼쳐지고 있었다.

'텔레비전'이라는 기물과 안에서 나오는 배우들의 모습이 떠올랐다.

'드라마'와 '영화'라는 매체가 있었고 그것이 세상에 어떤 영향력을 보여줬는지 기억했다.

그 사실을 떠올리면서 입에서 미소가 피어올랐다.

함께 있던 연개소문이 오성의 미소를 보면서 물었다.

"뭔가 좋은 생각이 떠올랐습니까?"

의미심장한 미소를 짓던 오성이 이를 조금 드러내면서 이야기 했다.

"재미난 일이 떠올랐습니다."

"재미난 일이라고요?"

"세상 사람들이 고려에 미칠 수 있는 일입니다. 고려 없이는 살 수 없도록 말입니다."

"고려 없이 살 수 없다고요?"

"제가 알고 있는 방식과는 조금 다르지만, 지금의 고려라면 충분히 가능합니다. 고려의 문화를 온 세상에 알릴 겁니다."

오성의 다짐에 연개소문이 어리둥절한 표정을 지었다.

하지만 그는 볼 수 없는 세상이었고, 오직 천군만이 헤아릴 수 있는 세계였다.

그 사실을 깨달으면서 다시 천군의 계획을 기대했으니, 그 끝에 미래에 세계를 호령했던 '한류'가 있었다.

그것을 1천 년도 일찍 펼치고자 했다.

문화의 중심이 곧 세상의 중심이었다.

다시 하늘의 뜻이 펼쳐지려 했다.

문화 승리를 계획하다

새로운 태왕의 탄생을 온 백성이 외치면서 기뻐했다.

"만세! 만세! 만세!"

"와아아아~!"

함성에 하늘에 조금 있던 구름마저도 밀려날 판이었다.

단상 아래에서 백성들이 환호성을 지르고 있었고, 그들 앞에서 새 태왕인 해정은 정의와 사명으로서 백성을 위하고 다스리라 다짐했다.

여식의 뒷모습을 아버지인 고보장이 지켜보았다.

자신이 짊어졌던 짐이 여식의 어깨 위에 놓여 있었다.

보이지 않았지만 그 짐이 얼마나 무거운지 누구보다 잘

알았다.

영의정과 이야기를 나누었던 천군에게 당부의 이야기를 전했다.

"태왕을 잘 보필해 달라. 어떤 부분에서는 짐보다 뛰어날 것이나, 어떤 부분은 짐보다 부족할 수 있다. 공이 있다면 능히 아비보다 뛰어난 성군이 될 것이다."

상태왕이 된 고보장의 이야기를 듣고 오성이 대답했다.

"예. 폐하. 그렇게 할 것입니다. 그런데, 폐하께서도 태왕 폐하를 도와주셔야 됩니다."

"짐이야 언제나 도울 것이다. 짐이 아끼는 여식이면서, 이제는 나에게도 군주이기 때문에 말이다. 태왕에게 불충을 저지르는 일은 결코 없을 것이다."

자신이 새 태왕의 신하가 되었음을 고보장이 알렸다.

그것으로써 자신이 해정을 넘을 수 없음을 알려줬다.

상태왕의 이야기를 듣고 오성이 미소 지었다.

그리고 해정의 즉위를 축하했던 사신들을 봤다.

오성의 시선을 확인하고 고보장이 이야기 했다.

"답신이 있다면 짐이 가고자 한다."

"폐하께서 말씀입니까?"

"태왕에게 태왕위를 선양하기 전에 말하지 않았었나. 나라와 백성과 태왕을 위해서 할 일이 있다면 할 것이라고 말이다. 물론 짐의 생각이긴 하지만, 우의정이 생각했을

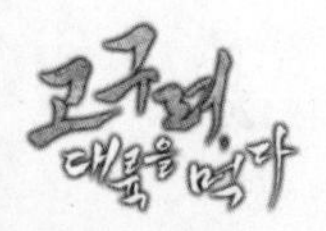

때도 괜찮고 태왕이 명한다면 향할 것이다."

고보장의 말에 오성이 미소를 지어보이면서 말했다.

"폐하께서 답신으로 가신다면 동맹국이 기뻐할 것입니다. 국빈으로 맞이해서 우리와의 우의를 도모할 것입니다. 하지만 그 전에 준비할 것이 있습니다."

"준비할 것이라고?"

"그저 우의를 다지는 것에만 그쳐서는 안 됩니다. 사신으로 가신다면 만반의 준비를 하셔서, 나라와 백성과 후손들을 위한 대업까지 동시에 이루셔야 됩니다."

오성의 답을 듣고 고보장이 물었다.

"대업이란 것이 무엇인가?"

상태왕의 물음에 회심의 미소를 띠면서 오성이 대답했다.

"문화 승리입니다."

"문화 승리?"

"서역에서 모든 길이 로마로 통한다 말한다면, 고려에서는 모든 길이 평양으로 통할 것입니다. 온 세상이 평양으로 모이도록 하겠습니다."

문화 승리라는 말이 뇌리에 깊이 박혀 들었다.

천군의 대답을 듣고 고보장이 대단한 궁금증을 가졌다.

무엇을 계획하고 꾸미는지 그림자의 자락조차 알아볼 수 없었다.

하지만 기대했다.

"준비가 끝나면 태왕에게 고하고, 그 다음에 짐에게 알려 달라. 우의정의 계획을 기대하면서 기다리겠다."

"예. 폐하."

"이제 짐은 자유를 얻게 된 것 같다."

"감축드립니다. 폐하."

나라와 백성을 위해서 할 일이 여전히 남아 있었다.

하지만 태왕궁을 벗어나서 어디든지 갈 수 있었다.

그토록 보고 싶었던 백성들을 만날 수 있었고, 고려 밖으로 향해서 유람을 다닐 수도 있었다.

한결 편해진 태왕의 표정을 보면서 오성의 마음 또한 가벼웠다.

그리고 할 일들이 생겼다.

바빠질 것 같았다.

"한동안 조정에 나오지 못할 것 같군요."

"그럴 것 같습니다."

"폐하께 말씀 드리고 우의정의 일에 집중하세요. 나랏일에 관해서는 나와 좌의정이 나눠서 하겠습니다. 요지만 알려주세요."

"예. 어르신."

"우의정이 계획하는 내일을 기다리겠습니다."

연개소문과 양만춘이 도우려고 했다.

두 사람에게 기대면서 누구도 상상할 수 없는 일을 벌이고자 했다.

온 세상이 고려로 통할 수 있도록 만들고자 했다.

즉위식이 끝나고 연회를 마친 후에 집에 왔다.

다음 날 태왕위에 오른 해정의 윤허를 얻고 집에 머물렀다.

별채 책상에 앉아서 종이를 펼쳤다.

벼루 위에서 먹을 간 후에 붓을 적시고 잠시 생각에 잠겼다.

미래의 지식과 지혜를 과거에 맞춰야 했다.

'문화 승리라는 것도 결국에는 콘텐츠 싸움이었지. 드라마나 영화에서 대박을 치고, 안에서 표현되는 복장과 먹을거리가 유행을 탔어. 결국에는 사람들이 재밌어 해야 해. 그리고 드라마나 영화를 만들 수 없으니까, 이 시대에 맞는 다른 걸로 콘텐츠를 만들어야 돼. 그러니까 결국에는 책이야.'

미래에서는 다양한 매체로 대한민국의 콘텐츠를 알릴 수 있었다.

드라마와 영화 노래를 비롯해, 고려의 약자인 'K'를 붙여서 세상 사람들이 대한민국의 문화를 즐길 수 있었다.

동시에 대한민국의 언어와 놀이, 음식 등에 열광했다.

그 중심에 문화 콘텐츠라 불리는 상품이 있었고, 그 상품은 어떤 매체로든지 만들어질 수 있었다.

과거에서는 분명히 매체가 한정적이었다.

하지만 불리한 싸움은 아니었다.

미래에서 구할 수 있는 지식으로 이미 많은 것들을 알고 있었다.

붓을 들면서 이야기를 쓰기 시작했다.

"대충… 이런 내용이었나?"

미래에서 보았었던 드라마의 내용을 떠올렸다.

그 내용을 축약해서 종이 위에 썼다.

그리고 몇 개의 작품을 만들었으니, 그런 작품을 만드는 데에 수일이나 걸려 버렸다.

붓을 놓았을 때 한 숨이 절로 나왔다.

'후우… 세 개 정도면 되려나? 대충 인물만 잡고 스토리 나열만 하는데도 이 정도라니… 작가들이 대단하긴 대단하구나. 나는 아는 작품들만 쓰는데도 이렇게 고생하는데… 일단 이걸 가지고 작가들을 모아야겠어.'

알고 있는 이야기들이 여럿 있었다.

꼭 미래에서 봤던 드라마나 영화에서 고르지 않았다.

100년도 넘은 오랜 이야기들이 있었고, 어떤 이야기는 먼 서쪽에서 건너온 이야기이기도 했다.

그중에서 과거에서 먹힐 수 있는 이야기들을 골라냈다.

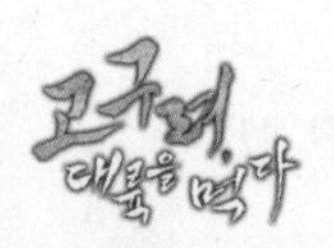

고려에 맞춰서 인물의 특징을 쓰고 큰 이야기 줄기를 썼다.

그리고 평양에서 내로라 하는 작가들을 모았으니, 그들을 모아 놓고 정리한 것들을 보여줬다.

어디에서도 볼 수 없는 이야기가 천군의 지혜 속에서 흘러나왔다.

하늘에서 난 이야기를 살핀 작가들이 천군으로부터 조심스러운 질문을 받았다.

"재밌을 거 같아?"

그의 물음에 환하게 웃으면서 작가들이 답했다.

"재밌을 것 같습니다!"

"감동적입니다!"

"고려에서든지 당나라에서든지, 천축에서든지, 어르신께서 알려주신 이야기가 소설로 만들어진다면 눈물 흘리지 않는 사람은 없을 겁니다!"

고려에서 글 솜씨가 가장 좋은 사람들이었다.

그리고 가진 글재주로 과거 시험을 치르지 않고, 여러 이야기책들을 만들며 돈을 버는 사람들이었다.

상상력으로 백성들의 마음을 움직일 수 있는 식자들이었다.

또한 어떠한 이야기를 봤을 때 그 이야기가 잘 만들어진 이야기인지 아닌지 판단할 수 있는 자들이었다.

작가들의 평가를 받고 오성이 만족하면서 각색을 지시했다.

"고려 사정에 맞도록 다시 쓸 수 있지?"

"고려 사정에 말씀입니까?"

"이름이나 복장이나, 집, 혹은 음식까지 말이야. 이야기 속의 배경을 고려로 잡고, 너희들의 문장력으로 잘 써 봐. 어떤 부분은 화려하게. 어떤 부분은 담담하게 말이야. 너희들을 통해서 하늘나라의 이야기를 꾸밀 거야."

천군의 지시가 작가들에게 내려졌다.

천군이 대략적으로 정리한 이야기를 작가들이 자신들의 필력으로 써야 했다.

그리고 충분히 그럴 수 있었다.

"알겠습니다. 어르신."

"최선을 다해서 써 보도록 하겠습니다."

기대를 안고 이야기 쓰기에 관한 것을 작가들에게 맡겼다.

그리고 실력이 뛰어난 화공들을 찾기 시작했다.

글을 읽으면서 그림으로 단번에 상상하고 이해할 수 있도록 만들려고 했다.

때문에 그림을 사실적으로 그릴 수 있어야 했다.

작가들을 통해서 문장 묘사와 고려 사정에 맞춰낸 이야

기를 만들어낸 뒤, 화공에게 보여줬다.

그리고 화공들의 그림이 더해졌다.

그 책을 각각 10부씩 만들어 냈다.

책을 가지고 의정부로 가서 연개소문과 양만춘에게 보여줬다.

양만춘이 책을 읽고 오성에게 감상을 알려줬다.

"슬프군."

"재미는 있습니까?"

"재밌기는 한데, 사랑이 이뤄지지 못해서 슬프네. 이 이야기의 제목이 뭐였던가?"

"인어공주입니다."

"인어공주… 그러면 이 책은?"

"미녀와 야수입니다. 그리고 남은 책은 달을 품은 해입니다."

"달을 품은 해?"

"셋 중에서 이야기가 가장 깁니다. 그리고 보충 설명을 해드리자면 하늘나라에서 만들어진 이야기입니다. 고려에서 각색될 수 있는 이야기로 정했습니다."

오성의 설명에 양만춘이 고개를 끄덕였다.

두 사람의 이야기가 이어지는 동안에 연개소문이 한 책을 훑고 다른 책 한 권을 빠르게 훑었다.

화공들이 그린 그림을 보면서 미소를 보였다.

여느 화공들의 그림처럼 눈과 코를 점으로 나타내지 않았다.

그야말로 사람의 모습이 종이 속으로 들어가 있는 듯했다.

누가 보아도 한 눈에 반할 수 있는 남자와 여인이었다.

또한 평양을 책 안에 담아냈듯이 그려져 있었다.

고려 백성들과 상인들과 대신들의 모습이 담겨 있었다.

또한 상 위에 놓인 음식은 그야말로 먹음직스럽게 그려졌다.

그림을 주로 확인하고 단어들을 보면서 연개소문이 물었다.

"그래서, 이 책으로 하여금 문화 승리를 이룰 것입니까?"

오성이 대답했다.

"다른 나라 사람들에게 통한다면 말입니다. 그리고 통할 것이라고 봅니다. 사람의 본성이라는 게 별로 다르지 않으니까 말입니다."

"천군이 생각하는 사람의 본성이 뭡니까?"

"욕심입니다."

"욕심?"

"사랑에 대한 욕심도 욕심입니다. 경험하기를 원하는 것도 욕심이 될 수 있습니다. 남자는 여자주인공 같은 여자

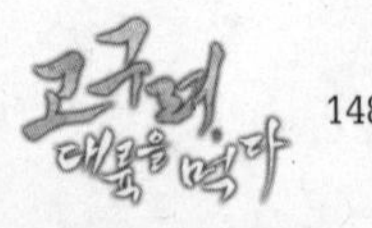

를 만나길 원하게 되고, 여자는 남자주인공 같은 남자에게서 사랑받기를 원하게 됩니다. 그리고 그것은 전부…….”

“고려와 연결되어 있군요.”

“결론적으로 고려 사람을 만날 수 있기를 원하게 됩니다. 또한 책 안에 써진 고려의 음식을 먹어볼 수 있기를 원하고, 고려의 풍경을 보기를 원하게 됩니다. 고려 옷을 입으면 귀한 대접을 받을 수도 있습니다. 그 시작이 이 책으로 인해서 벌어질 수 있습니다. 온 세상이 고려에 열광하도록 만들어야 합니다.”

오성의 이야기를 듣고 연개소문의 입꼬리가 더욱 끌어당겨졌다.

함께 이야기를 들은 양만춘이 환하게 웃었다.

앞으로 벌어지게 되는 일들을 잔뜩 기대했다.

놓인 책을 정리하면서 오성에게 물었다.

“허면, 이제 이 책들을 번역할 것인가? 자네 말대로 하자면 나라 밖의 사람들도 읽을 수 있어야 하니까 말일세. 번역 후에 상태왕 폐하를 통해서 밖으로 보낼 것인가?”

양만춘의 물음을 듣고 오성이 대답했다.

“먼저 해야 할 일이 있습니다.”

“먼저 해야 할 일이라고?”

“좀 더 작품에 대한 검증이 있어야 됩니다. 이래나 저래나 저희들은 남자니까 말입니다. 여성의 시선에서 이 작품이 어떻게 보이시는지 한 번 더 평가를 받고 번역할 것입니다. 그 후에 나라 밖으로 보일 것입니다."

천군이 여성이라 언급하면서 존대하는 말투를 썼다.

그 말에 양만춘이 잠시 어리둥절한 반응을 보였다.

하지만 이내 천군이 언급한 여성이 누구인지 알게 됐다.

미소를 띠면서 오성에게 기대를 나타냈다.

"어서 보여드리게. 태왕 폐하께서도 아마 재밌게 읽으실 것이네."

"예. 어르신."

"좋은 소식을 들려주게."

누가 보아도 재미를 느끼고 감동 받을 것이라고 생각했다.

그리고 슬퍼하며, 통쾌함을 느낄 것이라고 생각했다.

미디어가 있기 이전에 문학이 있었다.

대한민국에서는 과거의 문학이지만 고려에서는 미래 문학이었다.

그것을 통해 고려를 널리 알리려고 했다.

편전에서 천군이 새로운 태왕을 알현했다.

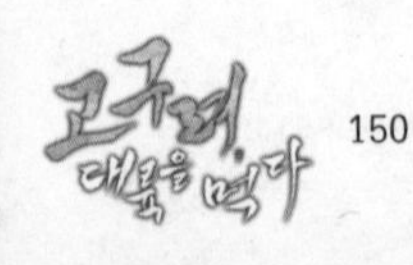

동화를 검증하다

편전으로 가기 전에 잠시 고민이 들었다.

'이걸 보여드려야 되나…….'

세 가지 책 중에 한 가지 책이 마음에 걸렸다.

세 가지 이야기 중에서 유일하게 비극으로 끝나는 이야기가 있었다.

그 책의 제목을 살피면서 잠시 고민에 잠겼다.

이제는 태왕이 된 태왕녀와의 기억을 떠올렸다.

'스승님을 연모합니다… 스승님을 처음 뵈었었던 순간부터 말입니다. 저는 스승님의 연인이고 싶습니다.'

자신에게 연심을 전했던 태왕의 모습이 떠올랐다.

그때 진심을 전하고 떨리는 시선을 떨어트렸던 태왕이었다.

그런 태왕에게 부득이한 대답을 전했었다.

'죄송합니다…….'

'네……?'

'마마의 고백을 받아들일 수 없습니다. 죄송합니다.'

대답을 듣고 당황하던 태왕의 모습을 기억했다.

그녀의 모습을 떠올리면서 편전으로 향하던 발걸음을 잠시 세웠다.

'인어공주'라는 제목을 보면서 잠시 생각에 잠겼고, 그 책을 다른 두 책에서 떨어트렸다.

그렇게 해서 편전으로 나아갔다.

그리고 태왕을 알현해 작가들과 화공들과 함께 만든 책을 보여줬다.

다음 날 다시 태왕을 만나 책에 대한 감상을 들었으니, 해정이 미소를 보이면서 두 책을 밀어줬다.

"재밌습니다."

"정말입니까?"

"예. 스승님. 아무래도 연정에 관한 이야기라서 더욱 그런 것 같습니다. 본래 사람이었던 야수가 진정한 사랑을 깨닫고 왕자가 되는 이야기가 너무나 아름답습니다. 그리고 달을 품은 해도 마찬가지고 말입니다. 제가 봤을 때는

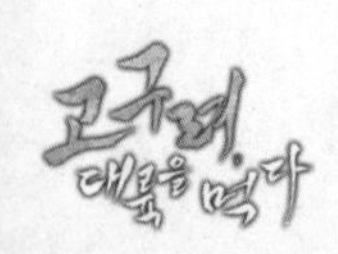

참으로 흥미진진하고 재밌는 이야기였습니다."

해정의 감상을 듣고 오성이 미소 지었다.

남자의 시선이 아닌 여자의 시선으로서도 충분히 재밌는 이야기였다.

미래에서 검증되고 과거에서도 한 번 더 검증 됐다.

그 사실을 깨달았을 때 해정의 질문이 오성에게로 파고 들었다.

"하온데, 스승님. 본래 제게 말씀하셨을 때는 세 가지 이야기로 책을 만드신다고 하셨습니다."

"……."

"어째서 두 가지 밖에 되지 않는지요? 혹시, 한 가지는 완성이 되지 않았습니까?"

해정의 물음에 오성이 대답할 수 없었다.

잠시 생각에 잠겼다.

고민하는 듯한 모습을 보이면서 답변하기를 주저했다.

그러다가 머릿속으로 결론을 내리게 됐다.

'그래도 태왕이신데, 거짓말을 할 수가 없구나. 어색함보다 진실을 전해서 신뢰를 지키는 것이 우선이야.'

솔직하게 이야기하기로 했다.

"폐하께 상심을 드릴 것 같아서 보여드리지 못했습니다."

"상심이라고요?"

“완성됐지만 앞서 보여드린 두 책과 내용이 상반됩니다. 남녀의 사랑이 완성되는 두 작품과는 달리, 끝내 사랑이 이어지지 못하고 여인의 희생만이 남아 있습니다. 그래서…….”

무엇 때문에 보여주지 못했는지 해정이 재빨리 눈치챘다.

남녀의 연심이 서로 이어지지 않는 이야기였다.

또한 여인이 남자를 일방적으로 사랑하면서 희생하는 이야기였다.

스승의 이야기를 듣고 그가 무엇을 생각했는지 깨닫게 됐다.

눈을 감으면서 지난 일을 떠올렸다.

하지만 과거에 매여 있지 않으려고 했다.

아버지가 했었던 말을 떠올리고 있었다.

‘여태 해 왔던 것처럼 백성을 위해라. 그러면 백성들은 너에게 충성을 바칠 것이고, 네 명을 목숨처럼 여길 것이다. 오직, 위민으로서만 태왕실의 위엄을 지킬 수 있다.’

아버지의 이야기를 떠올리면서 스스로를 돌아봤다.

‘나는 태왕이다. 그러니까 고려와 백성을 위해야 해. 그것이 태왕실을 위한 일이다.’

스스로가 누구인지 되새겼다.

그리고 가슴 깊이 결의를 세우면서 천군에게 말했다.

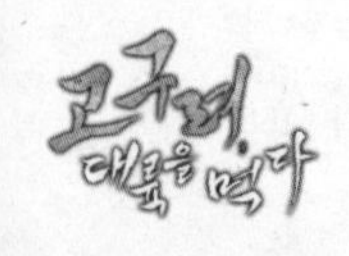

"스승님께서 무엇을 염려하시는지 알 것 같습니다. 하지만 저는 태왕입니다. 나라와 백성을 위하는 것이 태왕실을 위한 일이며, 그것이 저에게 주어진 사명이자 할 일입니다. 그러니 보여주십시오. 오직 고려와 백성을 위한 것만을 생각하겠습니다."

"……."

해정의 이야기를 듣고 오성이 잠시 생각했다.

그리고 대답했다.

"알겠습니다. 의정부에 있사온데, 책을 가지고 오겠습니다. 잠시 기다려주십시오."

"예. 스승님."

어렵사리 몸을 일으켰다.

그리고 의정부에 가서 태왕에게 보여주지 못한 책을 가지고 왔다.

다시 해정이 오성이 건네준 남은 책을 읽었다.

하반신이 물고기처럼 되어 있는 여인의 그림이 책에 실려 있었다.

여인의 외모는 누가보아도 아름다운 외모였고, 그녀가 풍랑을 만난 조선국의 왕자를 구하는 것으로써 이야기가 시작되었다.

조선국의 왕자는 아름다운 인어공주를 기억했고, 왕자에게 반한 인어공주는 뭍으로 올라가기를 소원했다.

그리고 요술을 부리는 마녀를 만나 사람이 될 수 있기를 소원했으니, 땅을 걸을 수 있는 두 다리를 얻는 대신에, 마녀가 원하는 자신의 목소리를 넘겼다.

거래가 이뤄지면서 땅 위에 설 수 있게 됐고 목소리를 잃었다.

때문에 왕자를 다시 만나도 좋아한다는 말을 표현할 수 없었다.

끝내 왕자의 마음을 얻지 못했다.

자신에게 사랑한다고 말할 수 있는 이웃 나라 공주에게 왕자를 빼앗겨야만 했다.

사랑을 잃고 바다로 돌아가야 했다.

그러나 사람의 다리로는 바다 속을 헤엄칠 수 없었다.

인어공주의 언니들이 마녀를 만나서 동생이 돌아올 수 있는 방법을 찾았다.

마녀에게 머리카락을 내어주고 단검을 얻어서 동생에게 줬다.

그리고 그 검으로 왕자의 목숨을 끊으면 본래의 모습으로 돌아올 수 있다고 말했다.

결코 얻지 못할 사랑이었다.

왕자를 죽이지 않으면 결코 본래의 모습으로 돌아올 수 없었다.

바다에 사랑하는 식구들이 있었다.

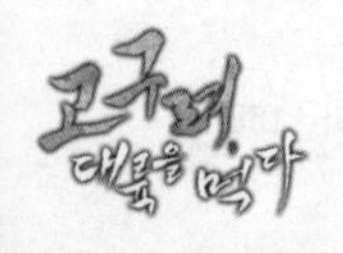

하지만 왕자를 더더욱 사랑했고, 그를 끝내 죽이지 못했다.

그저 눈물만을 남기면서 바다로 몸을 던졌다.

물거품이 되어 그녀가 왕자를 위해서 스스로를 희생했다.

그 이야기를 전부 읽고 잠시 침묵이 흘렀다.

"……."

인어공주를 읽은 해정의 눈치를 살폈다.

그녀가 비극적인 이야기를 읽고 어떤 반응을 보일지 오성이 긴장한 모습으로 기다렸다.

그리고 그런 오성의 마음을 해정이 헤아렸다.

책을 덮으면서 오성에게 말했다.

"너무나 슬픕니다."

"그렇습니까……."

"하지만 좋은 이야기입니다. 이 이야기의 핵심은 모든 것을 내어줄 수 있는 사랑에 관한 이야기니까 말입니다. 그리고 쉽게 눈을 떼지 못하도록 긴장이 있습니다."

"여인들이 보기에 빠져들 것 같습니까?"

"예. 스승님. 하지만 이것은 저만의 의견일 것 같습니다. 다른 여인에게도 보여줄 수 있다면 보여줘서 의견을 들어보십시오. 긍정적으로 생각하지만 다른 생각이 있을 수도 있습니다."

"……."

"그렇게 해서 괜찮으면 번역해 주십시오. 스승님께서 보여주신 이야기들을 통해서 고려를 알리겠습니다. 책 안의 그림들처럼 세상 사람들이 고려를 선망하길 원합니다."

태왕으로부터 좋은 평가를 얻었다.

해정의 대답을 듣고 오성이 환하게 웃었다.

즉시 해정에게 보여줬던 책을 챙겼고 따로 상신할 것임을 알렸다.

"이 책들은 폐하의 평가를 받기 위해서 가지고 온 것입니다. 때문에 손 떼를 탄 것이라, 새로운 책을 만들어서 가지고 오겠습니다. 친히 평가를 내려주셔서 감사합니다."

"좋은 작품을 보여주셔서 감사합니다. 스승님."

"아닙니다."

일어나서 머릴 숙인 뒤 인사했다.

그리고 태왕에 대한 예를 전부 지키면서 뒷걸음을 하면서 물러났다.

편전에서 퇴전하고 의정부로 가서 일을 봤다.

다음 날, 해정에게 새로운 책이 상신됐다.

새롭게 받은 책은 훨씬 좋은 종이로 만들어졌고 겉표지가 두껍게 만들어졌다.

명필가가 붓을 놀렸는지 정갈한 글씨가 써져 있었다.

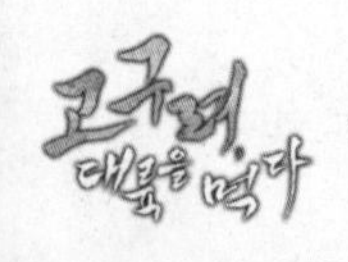

단검을 들고 왕자를 죽일지 말지에 대한 고민을 하는 인어공주의 그림을 봤다.

그 그림을 보면서 해정이 생각에 잠겼다.

"스승님……."

인어공주의 모습이 꼭 자신 같았다.

눈에서 눈물이 흘러내렸고, 그 눈물을 누구에게도 보이지 않고자 했다.

자신은 태왕이었으니, 오직 나라와 백성을 위하려고 했다.

여자인 태왕의 의견을 듣고 다른 여인의 의견을 들어야 했으니, 오성이 책들을 가지고 연수의 집을 방문했다.

용호대의 훈련에 이은 태왕 즉위식 경호로 쉼 없는 날들을 보냈었다.

그 후 집에서 휴식한 연수가 오성이 건넨 책들을 읽고 감상을 전했다.

연수가 환하게 웃으면서 오성에게 책 이야기를 했다.

"재밌습니다."

"정말?"

"저는 세 가지 책 중에서 달을 품은 해가 제일 나은 것 같습니다."

"이유가 뭐야?"

"뭔가, 큰 이야기입니다. 군사들이 왕과 세자빈을 지키려 하고, 권력을 차지하려는 악당과의 싸움이 흥미진진합니다. 전에 고려를 어시럽혔던 역적의 모습도 담겨 있고 말입니다. 그런 적이 물리쳐지고, 왕과 세자빈이 사랑을 이뤄서 통쾌합니다."

연수의 이야기를 듣고 오성이 만족했다.

그가 미소를 보이자, 연수도 따라 미소를 지었다.

아무래도 연인인 천군이 원했던 대답 같았다.

그가 원하는 결과를 얻길 소원했고, 그가 무엇을 계획하는지를 알고 있었다.

책을 통해서 고려의 것을 소망하게 하는 계획이 있었다.

그 계획에 대해서 연수가 물었다.

"하온데, 이 책으로 나라 밖의 사람들이 고려를 원하도록 만드신다 하시지 않으셨습니까?"

"그랬었지."

"책 안에서 나오는 옷차림이나 음식 등을 원하게 하신다고 하셨습니다. 그런데 그 부분에서는 잘……."

연수의 물음에 오성이 무릎을 탁 치면서 이야기 했다.

"그래서 이미 보여줬어."

"보여주셨다면, 누구에게……."

"누구긴 누구겠어. 고려에 온 손님들이지. 교역을 위해서 온 상인들에게 한 번 보여줬어."

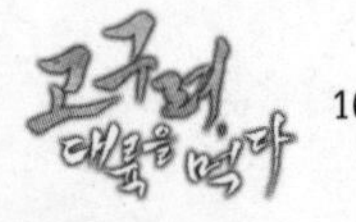

"어땠습니까?"

"재밌어 하더라고. 그리고 처음 온 상인들은 책 안에 나오는 음식들을 궁금히 여기기도 했어. 동해가 어떤 곳이냐고 묻기도 했고 말이야. 그런 관심들이 보고 듣고 먹어보고 싶다는 거야. 고려를 경험하고 어떤 세상인지 알고 싶은 거야. 상인들의 반응을 봤을 땐 세상 사람들의 반응도 별반 다르지 않을 거야."

오성의 이야기를 듣고 연수가 고개를 끄덕였다.

그리고 오성에게 말했다.

"어르신께서 만드셨다고 들었습니다."

"내가 만든 것은 아니고 작가들과 화공들과 함께……."

"그래서 어르신께서 만드셨습니다. 작가들과 화공들이 도왔으니까 말입니다."

"……."

"혹시, 괜찮으시다면 어르신께서 쓰신 책을 한 권씩 받고 싶습니다."

연수의 이야기를 듣고 멈칫했다.

당황한 것이 아닌 자신이 한 것으로 되는 약간의 죄책감이 있었다.

하지만 사랑하는 연수의 바람에 응답해주는 것이 우선이었다.

"알겠어. 깨끗하게 해서, 폐하께 드린 것처럼 새 걸로 줄게. 그리고 내가 썼다는 것은 너만 알고 있어줘. 분명히 함께 만든 책이니까."

"예. 어르신."

"책에 대한 평가를 해줘서 고마워."

서로가 서로에게 감사하다고 말했다.

여느 연인처럼 마음 편히 이야기 했고 서로를 위하려고 했다.

책 위로 놓인 연수의 손 위에 오성이 손을 포개었다.

그렇게 미래의 것을 공유하였다.

오직 오성만이 알던 것을 연수도 함께 알아가기 시작했다.

고려의 것으로 각색이 이뤄졌지만, 좋은 이야기를 함께 나눠가졌다.

많은 사람들의 검증을 받고 번역이 이뤄졌다.

고려를 오가는 상인들을 통해서, 각각 아이누와 당나라, 탐라, 진랍과 스리비자야 등의 말로 번역 됐다.

그리고 번역본이 완성되고 각각 50부의 책이 완성 됐을 때 태왕에게 보고가 전해졌다.

때는 겨울이었고, 남쪽 바닷길을 밟기에 좋은 시기였다.

돛이 활짝 펼쳐졌다.

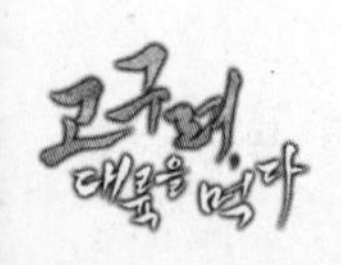

고보장이 남국을 방문하다

추위와 따뜻함이 번갈아 고려에 머물렀다.

그러다가 세상을 얼릴 정도로 차가운 바람이 부니, 그때는 북풍이 불 때라, 배를 타고 남쪽으로 향할 때는 순풍이었다.

돛을 모두 펼친 삼한선이 물살을 갈랐다.

갑판 위에 머리카락이 백색으로 물들어가는 남자.

그의 가슴 속에는 여전히 백성을 향한 열정이 남아 있었다.

권력의 정점에 섰었던 자였고, 가진 권력을 사사로이 쓰지 않았었던 인물이었다.

태왕위를 해정에게 물려주고 남국으로 향하고 있었다.

바다물살을 헤치면서 배가 달리는 가운데, 고보장이 천군으로부터 받은 책을 펼치면서 안의 내용들을 살폈다.

정갈하게 쓰인 조선 글이 있었고, 뛰어난 화공들이 그린 그림이 있었다.

책을 받을 때 천군으로부터 당부를 들었었다.

'하늘나라에서는 책 외에 다른 것으로도 사람에게 즐거움을 줍니다. 책 안의 인물을 연기하는 배우들의 모습을 찍어, 그것을 보고 듣는 사람이 훨씬 빠져들게 합니다. 그래서 자신을 꾸면서 이야기 속의 인물이 되길 원하고, 이야기 속의 인물이 경험하는 것들을 직접 경험해보기를 원합니다. 그 대상이 고려가 되었을 때, 고려의 것을 원하게 됩니다. 고려인처럼 살아가는 소망을 심어줄 수 있습니다.'

천군이 전했던 이야기를 떠올리고 있었다.

그것과 함께 그가 두 단어로 표현했었던 것을 떠올리고 있었다.

"문화 승리라……."

누구도 감히 상상할 수 없는 일이었고 오직 천군만이 계획할 수 있는 일이었다.

그리고 이제 고려가 그 시작점에 선 상태였다.

'달을 품은 해'라는 제목이 지어진 책을 덮고 앞을 보았다.

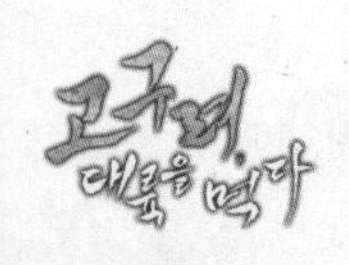

상태왕과 사신들이 탄 연락선을 수군에서 파견 된 전선들이 호위하고 있었다.

돛을 모두 펼친 채 장엄한 모습을 보였다.

주위로 20척에 달하는 전선들이 호위를 펼치고 있었으니, 세상의 어떤 나라가 100척의 전선을 끌고 오더라도 능히 상대할 수 있었다.

강력한 화포로 무장한 전선들이 고보장이 탄 지휘선을 지키고 있었다.

먼저 아이누를 방문한 뒤 대만에 도착했다.

원주민들과 대만에 주둔하고 군사들을 만나서 위로를 전한 뒤, 세 번째 목적지인 진랍으로 향하였다.

며칠이나 바다를 항해했고, 끝내 녹음이 짙은 뭍을 발견했다.

추웠던 날씨는 온데간데없었다.

바닷바람을 맞고 있음에도 모든 것이 더웠다.

때문에 특별히 만들어진 짧은 예복을 입고 상륙을 기다렸다.

"곧 포구에 도착합니다! 정박 시 배에서 진동이 일어날 수 있으니 주의를 기하여 주십시오! 돛을 접겠습니다!"

선장이 크게 소리치면서 상륙이 이뤄질 것임을 알렸다.

그의 보고를 듣고 고보장이 상륙을 진행하라고 말했다.

이어 선원들이 바삐 움직이면서 돛을 접기 시작했다.

선측으로 노들이 내어지며 바닷물을 저었다.

그러자 비록 속도가 떨어졌지만, 민첩하게 배들이 움직였다.

마중 나온 진랍의 배들이 인도를 벌였다.

그리고 삼족오기를 당당히 휘날리는 상태왕의 배가 부두에 닿으니, 현문에서 다리가 내려지고 그 위로 상태왕의 군사들이 내렸다.

별다른 위협이 없었지만 기본적인 경호와 경계를 벌였다.

소총으로 무장한 군사들이 내린 가운데, 안전이 확보된 가운데서 고보장이 다리 위로 발을 올리게 됐다.

그리고 부두 앞에서 기다리는 진랍의 대신들을 봤다.

그들의 중심에 선 자를 고보장이 알아봤다.

"시무타로군."

전에 고려를 방문한 적이 있었다.

그의 얼굴을 기억하면서 앞에 섰고, 진랍의 방식이 아닌 고려의 방식으로써 인사 받았다.

대신들을 이끌고 온 시무타가 머릴 숙였다.

인사를 받고서 고보장이 웃으면서 인사말을 건넸다.

"오랜만이군."

"예. 폐하."

"당나라 때문에 꽤나 고생한 것으로 아는데, 건강한 모습을 보니 짐이 기쁘다."

"폐하께서 지원군을 보내주셔서 이곳에 서 있을 수 있습니다. 폐하께서 진랍에 큰 도움을 주셨습니다. 그 은혜를 잊지 않을 것이며, 대왕 폐하께서도 폐하께 반드시 보답할 수 있기를 원합니다. 강건하신 모습으로 오히려 진랍에 방문해주셔서 감사합니다."

역관이 시무타의 이야기를 통역했다.

그의 이야기를 듣고 고보장이 고개를 끄덕이면서 미소를 지었다.

시무타의 어깨를 두드리면서 앞을 맡겼다.

"진랍의 군주에게 안내해 달라. 이제 짐이 고려의 태왕은 아니지만, 태왕을 대리하는 자로 고려와 진랍의 우의를 더욱 도모할 것이다. 그리고 함께 당나라에 맞설 것이다. 슈레스타푸라로 안내해 달라."

고보장의 말에 시무타가 더욱 몸을 낮추면서 말했다.

"상태왕 폐하를 모시겠습니다. 폐하를 위해서 고려에서 들인 철 수레를 준비시켰습니다. 수레에 승차하시옵소서. 진랍의 최정예 군이 폐하를 호위해드릴 것입니다."

고려 상태왕을 맞이하기 위해 모든 준비가 되어 있었다.

고려에서 들인 철 수레가 준비되어 있었고, 그 위로 고보장이 올라타면서 진랍의 도읍으로 향하였다.
수레 주위로 창검으로 무장한 군사들이 호위를 벌였다.
활과 고려 소총으로 무장한 군사들이 있었다.
그리고 각궁과 조선 소총으로 무장한 고려군이 상태왕을 호위하는 진랍군의 뒤를 따랐다.
미리 소식을 들은 마을 주민들이 나와서 고보장을 위시한 행렬을 발견했다.
행렬의 선두를 보고 나와 있던 주민들이 소리를 일으켰다.
"왔다!"
"수레를 아군이 호위하고 있어!"
"깃발을 봐! 세 발 까마귀야!"
"우리에게 지원군을 보내주셨던 고려 태왕이시다!"
"어서 소리쳐!"
"만세! 만세! 만세! 대고려국 만세!"
"만세! 만세! 만세! 대고려국 상태왕 폐하! 만세!"
"와아아아아~!"
다른 누구도 아닌 고보장을 향한 환호성이었다.
흩어진 백성들을 하나로 합친 해정을 향한 환호성이 아닌, 이역만리 너머 이름도 모를 사람들을 구하기 위해 친히 정예군을 보내어준 위대한 군주를 향한 함성이었다.

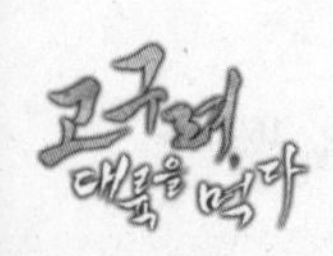

그 소리를 수레 안에서 고보장이 들었다.

그리고 진랍의 도읍에 가까워질수록 함성 소리가 커졌다.

슈레스타푸라에 이르렀을 때는 천지가 진동할 지경이었다.

더욱 큰 진랍 백성들의 외침을 듣게 됐다.

"만세! 만세! 상태왕 폐하! 만세!"

꽃잎들이 휘날리면서 고보장의 방문을 크게 반겼다.

"와아아아~!"

왕궁 앞에 수레가 이르자 거리로 나온 백성들이 팔을 번쩍 올리면서 열광했다.

그 가운데에 상태왕이 탄 수레의 문이 열렸고, 더위마저 날릴 것 같은 백성들의 열기를 고보장이 직접 느끼게 됐다.

수레에서 내려서 잠시 주위를 둘러봤다.

또렷하게 만세라고 외치는 진랍의 백성들이 보였다.

그리고 왕궁 앞으로 나온 고귀한 자를 봤다.

몸에 비단과 금장식을 두른 이가 서 있음을 봤다.

또한 젊었다.

무기를 들었다면 전장으로 나아가서 백성을 위해서 싸울 수 있는 기백을 가지고 있었다.

그를 보면서 먼저 고보장이 물었다.

"진랍의 대왕이시오?"

역관이 통역해줬고, 질문을 받은 이가 대답했다.

"맞소. 내가 진랍국의 군주, 자야바르만이오."

"만나게 되어서 반갑소. 고려의 상태왕인 고보장이오. 그리고 이렇게 환대해줘서 참으로 고맙소. 백성들이 저리 우리말로 날 환영해 주는데, 신경 써 줌에 감사를 전하는 바요."

진랍의 온 백성이 만세라 외치고 있었다.

어린 백성들까지 자신에게 고려 말로 환호를 보내고 있으니, 그러한 모든 것이 진랍 군주의 정성이라고 생각했다.

그렇게 생각하면서 말했고, 고보장의 이야기를 들은 자야바르만이 피식 웃었다.

그가 고보장에게 백성들에 대한 이야기를 전했다.

"스스로 외치는 것이오."

"스스로 말이오?"

"백성들에게 저리 환영하라고 짐이 지시한 바가 없소. 그리고 고려 말을 알려준 적도 없소. 오직 백성들이 고려 말을 스스로 깨우치고, 상태왕에게 찬사와 감사를 전하는 것이오. 상태왕은 그런 백성들의 감사를 받을 자격이 되오."

"……."

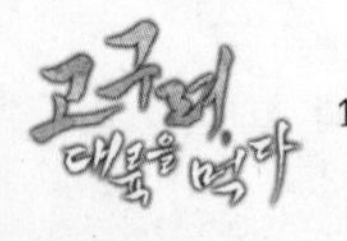

미소를 띠면서 자야바르만이 말했다.
백성들 스스로가 준비했다는 말이 무슨 의미인가 했다.
하지만 그의 말을 곱씹으면서 생각해보자, 자신에게 어떤 일이 생겼는지 고보장이 깨닫게 됐다.
진랍의 백성이 자신에게 감사를 전하고 있었다.
"만세! 만세! 만세!"
더욱 또렷하게 백성들이 전하는 마음이 가슴에 새겨지고 있었다.
노인과 남자와 여자와 아이 할 것 없이 외쳤으니, 그 감동이 스스로 감당하지 못할 정도로 전해졌다.
돌아보면서 멍한 모습을 보였고 소리치면서 환호하는 진랍 백성들의 모습을 보았다.
그렇게 가만히 쳐다봤다.
그리고 자신에게 인사하는 장수들의 목소리를 들었다.
"폐하."
친숙한 목소리를 듣고 고개를 돌렸다.
그리고 앞에 창운과 안련과 계백을 비롯한 장수들이 서 있음을 보았다.
그들을 보면서 고보장이 미소 지었다.
"상장군이로군."
"예. 폐하."
"고생이 많다. 짐의 명으로 고향으로부터 떨어져서 고려가 아닌 동맹을 지키고 있으니 말이다. 상장군과 장수들 덕분에 짐이 영광을 얻었다."

상태왕의 말에 창운이 장수들과 함께 머릴 숙이면서 자신의 일이었음을 알렸다.

"폐하와 고려를 위해서 마땅히 싸웠을 뿐입니다. 진랍의 대왕 폐하를 지켜드리는 것이 곧 태왕 폐하를 지켜드리는 것이었습니다. 동맹을 지키는 것이 고려를 지키는 일이며, 진랍의 백성을 지키는 것이 곧 고려 백성들을 지키는 일이었습니다. 소장이 해야 할 일을 했을 뿐이데, 그리 높여 성찬을 해주셔서 몸 둘 바를 모르겠습니다."

창운의 대답을 듣고 고보장이 흐뭇하게 미소 지었다.

안련과 더불어 백제인이었던 계백이 있었다.

세 사람과 제장들을 통해 세상이 당나라에 쓰러지는 것을 막았다.

그들에게 다가가서 어깨를 두드려줬다.

"폐하……."

"수고했다. 진랍의 대왕과 이야기를 나누고 마저 만난 후에 백성들을 위해서 싸워준 영웅들을 만날 것이다. 그때까지 군영에서 편히 쉬도록 하라."

상태왕의 격려를 들으면서 창운이 머릴 숙였다.

"감사합니다! 폐하!"

'영웅'이라 칭한 말이 가슴에 새겨졌다.

안련과 계백을 차례대로 격려하고 자야바르만에게로 발걸음을 옮겼다.

고려 장수들과의 인사를 마친 상태왕을 보면서 진랍 대왕이 미소 지었다.

그가 친히 고보장을 안내하고자 했다.

“짐이 이 나라의 군주이지만 상태왕은 은인이오. 따라서 짐이 상태왕을 모시겠소. 따라오시오. 연회장을 성대하게 준비했소.”

“고맙소.”

여전히 백성들의 함성이 따라붙고 있었다.

“만세! 만세! 고려 상태왕 폐하! 만세!”

“와아아아~!”

하늘이 떠날 것 같은 함성이었다.

그 함성을 들으면서 감회에 젖어들었다.

본래 자신이 어떤 삶을 살아야 했는지를 알고 있었고, 고려와 삼한의 어떤 군주도 누리지 못한 영광을 맛보고 있었다.

그 영광을 안겨다준 이에게 마음속으로 감사를 전하게 됐다.

‘고맙다. 권오성. 네가 없었다면 내가 이런 순간을 맞이하지 못했을 것이다. 네가 곧 짐의 은인이다.’

자신에게 내려진 영광이 더욱 많은 사람들에게 나누어지

길 원했다.

그렇게 상태왕의 방문이 이뤄졌다.

그리고 그와 함께 온 것들이 널리 퍼졌다.

고려의 이야기가 천하에 스며들기 시작했다.

김인문과 태학의 학도가 진랍을 방문하다

고려 상태왕이 진랍을 방문했다.

동시에 상태왕을 따른 대신과 관리들이 있었으니, 그중에는 외교부사인 김인문과 태학의 학도들도 있었다.

이국적인 풍경이 지평선 끝까지 펼쳐져 있었다.

상태왕을 위한 행궁을 진랍에서 마련해 준 가운데, 고려 대신과 관리들을 위한 거처도 마련되어 편히 쉴 수 있었다.

슈레스타푸라가 조금 잘 보이는 언덕 위 저택이었다.

저택을 감싸는 담 앞으로 진랍군과 고려군이 함께 지키는 가운데, 담 너머 세상이 잘 보이는 후원 언덕에 김인문과 관리들이 서서 남국이라 불리는 세상을 감상하였다.

관리들이 슈레스타푸라와 녹음이 짙은 세상을 보면서 감단을 일으켰다.

그러다가 머릿속에서 궁금증이 일어났으니, 한 관리가 조심스럽게 김인문에게 물어보려고 했다.

"저, 부사 어르신……."

"뭔가?"

"궁금한 것이 있어서 여쭙길 원합니다. 하온데, 어르신께 송구한 질문을 드리는 것 같아서……."

질문하다가 우물쭈물하는 모습을 보였다.

그런 관리들을 보고 완전히 돌아서서 김인문이 물었다.

"괜찮으니 물어보게. 궁금한 것이 뭔가? 태왕 폐하께나 상태왕 폐하께 죄 짓는 질문만 아니면 되네."

담담한 모습으로 물었다.

그리고 김인문의 말에 관리들이 눈치를 조금 살피다가 다시 말했다.

"여쭙기 송구하오나, 옛적에 당나라를 오가셨다고 들었습니다."

"그랬었지."

"당나라에서도 이런 풍경이었는지요? 저희들이 외교부 관리이지만 나라 밖으로 나간 경우가 거의 없습니다. 기껏해야 탐라밖에 되지 않습니다. 아이누와 대만도 이

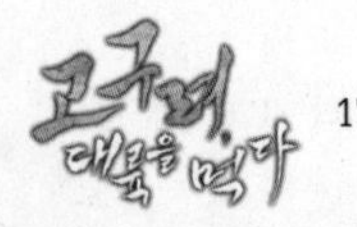

번에 방문하게 되었습니다. 당나라는 그야말로 대국입니까……?"

이제 최고의 나라라 말해도 무방한 고려였다.

그런 고려에서 일하는 관리들이었고 외교에 관한 일을 보고 있었다.

또한 나라 밖으로 나간 일이 그다지 없었다.

한 관리의 질문에 옛 기억을 떠올리면서 김인문이 답했다.

"이런 풍경이 아니었네. 자네도 알다시피 당나라는 고려의 남쪽이 아니라 서쪽에 위치해 있으니 말일세. 물론 땅이 넓어서 보다 남쪽에 위치한 곳도 있지만, 여기처럼 잎이 넓은 나무로 숲을 이루는 곳은 없네. 그러니 나도 처음일세."

"어르신께서도 처음이라고 말씀입니까?"

"그래. 하지만 내가 본 것들을 빠트리지 않고 익혀서 고려로 가져갈 생각이네. 이 땅에 관한 것과 사람에 대한 것을 말일세. 그래야 사람을 대할 때 필요한 지혜를 부릴 수 있네. 외교라는 것이 나라 간의 관계이지만, 결국 사람과 사람의 관계이니까 말이야. 그러니까 자네들도 빠트리지 않고 여기 모든 것을 기억하게."

"예. 어르신."

"태학의 학도들도 마찬가지일세. 우리는 백성들과 후손

들을 위해야 하네."

인문의 당부를 들으면서 관리들이 마음에 새겼다.

동시에 함께 온 태학의 학도들이 뒤에 서 있었다.

상태왕을 따라 아이누와 대만을 방문했으니, 이제 진랍에 이르러 고려 어디에서도 볼 수 없는 풍경을 보게 됐다.

나라 밖에 감히 상상할 수 없는 세상이 있음을 알게 됐다.

그리고 그곳에서도 사람이 살며 나름의 지혜를 부리고 있음을 알게 됐다.

모든 것이 가족과 후손들을 위한 것이었다.

백성을 위하며 후대를 위해서 살고자 했다.

진랍을 방문한 인문과 관리들도 마찬가지였다.

백성들을 위해서 남국의 많은 것을 깨우치고자 했다.

그렇게 식견을 넓혀가고 있었다.

다음 날 인문과 관리와 학도들이 진랍 병사들의 호위를 받으면서 슈레스타푸라를 돌기 시작했다.

슈레스타푸라를 돌면서 진랍의 백성들이 어떻게 사는지 확인하고자 했다.

백성들이 북적이는 장마당에 이르렀고, 진랍 백성들이 입는 옷의 옷감들을 살폈다.

상인의 허락을 받고 옷감을 한 번 만져봤다.

"뭔가 거친데……?"

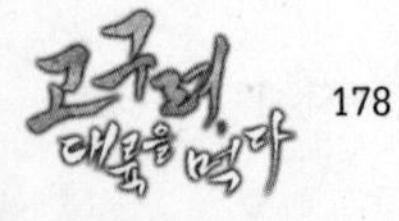

"식물의 줄기 같은 것으로 만든 것 같네. 마치 베옷처럼 말일세."

"거칠지만 시원해 보여서 좋네. 짐승의 가죽으로 만든 옷도 보이는데, 주로 입는 옷으로 보이지는 않네."

"남국의 더위가 가시지 않을 줄 알았는데 아침에는 추웠네."

대만을 지난 이후로 더위가 물러난 적이 없었다.

고려의 여름은 더웠지만 남국의 날씨는 그 이상이었다.

수시로 비가 내렸고 습하기까지 했다.

때문에 이미 소매 없는 옷을 입고 있었다.

상박에서 소매가 끝나는 옷을 입고 있었지만 진랍의 옷감이 훨씬 더 시원하게 보였다.

하지만 아침에는 찬바람이 불어서 춥기까지 했다.

진랍의 기후를 제대로 경험하고 있었고 주민들의 지혜 또한 알아보았다.

더해서 고려에서 먹어본 적 없는 음식들을 먹었으니, 특히 진랍에서만 나는 과일을 맛보았다.

태학의 학도들이 놀라워했다.

"세상에, 이건 향초가 아닌가?!"

"그…그런 것 같네!"

"향초가 이런 색이었나? 우리가 본 것은 죄다 금색이었었는데……."

"아무래도 우리가 먹어본 향초는 바닷길을 지나는 도중에 익었던 것 같네! 본래는 푸른색이야! 익기 전의 사과가 푸른색이듯이 말일세! 벼도 마찬가지일세!"

덜 익은 향초를 처음 목격했다.

본래의 미래에서 '바나나'라 불려야 되는 과일이었고, 향초라 불리는 과일은 부호들도 쉽게 먹기 힘든 귀한 과일이었다.

그런 과일을 진랍에서 쉽게 먹을 수 있었다.

외교부 관리들과 태학의 학도들을 돕는 진랍의 관리가 값을 치러줬다.

덕분에 상인이 파는 향초를 받고 껍질을 벗기면서 먹어보게 됐다.

과육을 음미하면서 학도들이 서로 이야기 했다.

"뭔가 단맛이 덜하군."

"덜 익어서 그런 것 같네."

"차라리 검게 변해서 녹아내리는 것이 나은 것 같네. 잘못 먹으면 배탈이 나기도 하지만 말일세. 향초는 적어도 그런 것 같네."

"저기 과일도 처음 보네. 저것도 먹어보세."

"그러세나."

구슬 같은 열매가 주렁주렁 달린 것 같은 과일이 있었다.

열매의 껍질은 조금 단단했지만, 그 껍질을 벗겨내면 빛

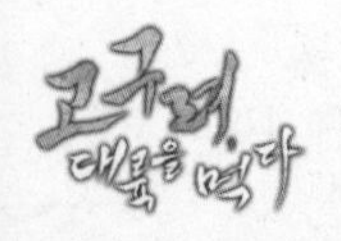

을 내는 투명한 과육이 있었다.

과육 속에 동그란 씨앗이 있었고, 씨앗을 감싼 과육이 무엇과도 비교할 수 없는 단맛을 냈다.

"오오!"

"이렇게 맛있을 수가!"

처음 느껴보는 단맛이었다.

그리고 절대 고려에서 먹을 수 없는 과일이었다.

오직 진랍에서만 먹을 수 있었고, 당나라에서 그 과일을 용안이라 부른다는 것을 알게 됐다.

용의 눈처럼 생긴 과일이었고, 진랍에서는 누구든지 먹을 수 있는 과일이었다.

그리고 전혀 먹을 것이라고 여기지 못한 과일이 있음을 알게 됐다.

보기에는 그야말로 독이 가득해서, 먹으면 그 즉시 죽을 것 같은 과일이었다.

겉면 온 곳이 가시로 뒤덮인 모습이었다.

때문에 기괴했다.

가시가 가늘지 않아서 날카롭지 않았지만 보는 것만으로도 시선을 돌릴 정도로 흉측한 형태였다.

그리고 냄새는 어찌나 고약한지 구역질이 날 지경이었다.

"우엑!"

"무슨 냄새야, 이거?"

"먹을 수 있는 거 맞아?"

"우리보고 먹어보라는데, 죽이려고 저러는 거 아냐?"

과일을 먹어보라고 권하는 진랍 관리를 의심의 눈초리로 학도들이 노려봤다.

외교부 관리들도 기겁하는 가운데, 그 모습을 보다가 김인문이 식은땀을 흘렸다.

그 또한 그런 과일은 처음이었다.

먹으면 죽을 것 같았다.

벌벌 떠는 관리들과 학도들의 모습을 보면서 진랍 백성들이 박장대소 했고, 진랍의 관리가 웃으면서 인문에게 말했다.

"먹어도 되는 거니까, 걱정하지 말고 먹어보시오. 고약한 냄새가 나지만 맛은 다를 거요."

통역 된 말을 듣고 인문이 잠시 고민했다.

그리고 심호흡 한 뒤 손을 펼쳐 보이면서 말했다.

"줘 보시오. 먹어 볼 테니……."

대단한 결심을 세우면서 손을 펼쳤고, 그 위로 나무 숟가락이 놓이면서 과육을 뜰 수 있게 됐다.

흉측한 껍질 속에 부드러운 과육이 금색으로 빛나고 있었다.

그 과육을 숟가락을 조금 떠낸 후에 입에 넣었다.

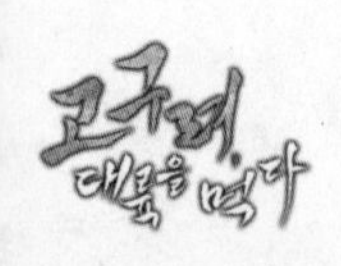

마치 방귀 냄새가 입에 들어오는 듯한 느낌이었지만, 그것을 뚫고 상상을 초월하는 단맛이 느껴졌다.

"음?!"

주작이 비상했다.

청룡과 백호가 포효하고 현무의 머리가 이리 저리 휘둘러졌다.

눈을 번쩍 뜬 인문을 보면서 외교부 관리들이 물었다.

"부사 어르신……."

"괜찮으십니까……?"

입에 물었던 숟가락을 빼면서 김인문이 말했다.

"자…자네들도 어서 먹어 보게! 죽여주는 맛일세!"

"예……?"

"고약한 냄새는 위장이란 말일세! 사람이 죽을 만큼 맛있으니까 어서 먹어보게!"

"……?!"

눈을 키운 김인문이 소리치면서 말했다.

그 말에 관리들이 어쩔 줄 모르는 모습을 보이다가 억지로 흉측한 과일의 과육을 먹게 됐다.

그리고 학도들도 따라 먹었다.

그 맛을 보고 인상을 찌푸렸다가 놀랐다.

"헉?!"

"뭐야, 이 맛은?!"

"단맛이 냄새를 이겼어! 어떻게 이런 과일이 세상에 있는 거야?!"

"맙소사!"

경악과 탄성을 금치 못했다.

악마도 기절 시킬 것 같은 냄새 뒷면에 극락에서도 맛보질 못할 단맛이 느껴졌다.

온 얼굴과 몸으로 감탄을 일으키던 관리들과 학도들의 모습을 진랍 관리들이 보고 있었다.

상인들이 키득 거리면서 웃었고, 그들 앞에서 인문 또한 과일을 계속해서 먹으며 감탄했다.

직접 경험해보면서 놀라워하고 있었다.

그리고 관리들과 진랍 상인들 또한 고려를 알고자 했으니, 그들이나 자식이 시무타와 함께 고려에 가보기로 했다.

몇 달 후에 있을 일들을 기대하고 있었다.

그렇게 서로의 것을 공유하기 시작했다.

진랍을 방문한 고려 상인들이 고려의 것을 보여주고 있었다.

"이건… 우리말이군……!"

고려 상인 앞에 선 진랍 상인이 감탄하면서 말했다.

그들의 말이 상태왕과 수행 대신을 따라온 상인들에게 전해졌다.

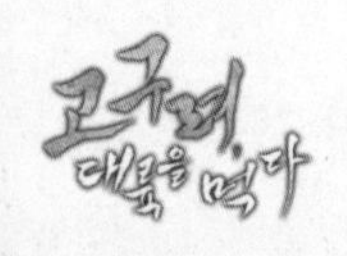

그 말을 듣고 고려 상인이 차분하게 알려줬다.

"상태왕 폐하와 함께 진랍에 올 수 있다고 해서 준비를 했소."

"준비라면… 번역을 말이오?"

"고려에서 알려지고 있는 이야기책이오. 책을 본 사람들 중에 울지 않은 사람이 없었고, 기뻐하지 않은 사람이 없었소. 그리고 보면 알겠지만 그림이 그려져 있어서 책에 써져 있는 내용을 금방 이해할 수 있소."

서로의 말을 통역해 줄 수 있는 사람들이 준비되어 있었다.

또한 당나라 말마저 가능한 사람들까지 있었으니, 몇 명의 입을 거쳐야 했지만 대화를 나누는 데에 큰 문제는 없었다.

고려 상인의 이야기를 듣고 진랍 상인이 고개를 끄덕였다.

그리고 물었다.

"다른 책은 있소? 천문이나, 고려에서 백성을 가르치는 지식에 관한 책을 말이오."

그 말에 고려 상인이 이야기 했다.

"저기 상자에 담긴 책이 그런 책이오."

"전부 얼마요?"

"상자 당 10원이오. 고려에서 사면 훨씬 싸게 살 수 있지만 위험 부담을 비롯해서 운송료가 포함되어 있소. 때문에 비싼 것은 아니오."

고려 상인의 말을 듣고 진랍 상인이 고민을 길게 가져가지 않고 대답했다.

"전부 사겠소. 그리고 값은 지금 즉시 치르겠소. 책들을 내어주시오."

"알겠소."

의욕을 가지면서 진랍 상인이 말했다.

책을 모두 매입하겠다는 상인의 말을 듣고 고려 상인이 미소 지으면서 상자들을 내어줬다.

진랍 상인들에게 책을 팔라는 천군의 지시를 기억했다.

그리고 책들을 사들인 진랍 상인이 적절한 값으로 다른 상인과 귀족들에게 책을 팔았다.

진랍 대신과 자녀들에게 책이 전해졌고, 고려에 흠뻑 빠지기 시작했다.

어디서도 본 적 없는 이야기가 진랍에서 빠르게 퍼졌다.

슬픔과 감동이 뒤섞였다.

고려 바람이 불다

다른 상인이 사기 전에 먼저 선수 쳐 책들을 샀다.

고려 상태왕과 함께 온 상인들이었기에 충분히 신뢰를 가질 수 있었다.

책들을 산 진랍 상인이 상단에 속한 단원들에게 명했다.

"저 책들이 담긴 상자는 저기에다 놓아."

"예. 단주님."

"저 책이 담긴 상자는 저쪽이야. 대신들의 자제 분들이 오면 사 갈 거야. 신속히 뺄 수 있도록 손이 닿는 곳에 놓아."

"알겠습니다."

"그리고 특별한 일이 없으면 날 찾지 마. 책 좀 읽어야 하니까."

"읽어보시지 않으셨습니까?"

"다른 놈들이 사기 전에 사야 할 거 아냐. 그래서 대충 훑었어. 그림도 있고 좋은 책 같아서 샀어. 고려에서 온 사람들이 읽었다고 하니까. 나중에 읽고 좋으면 빌려줄게."

"예. 어르신."

슈레스타푸라에서 특별히 책을 취급하는 상인이었다.

장터에서 몇 몇 상인들이 당나라와 천축과 서역에서 오는 책들을 취급하고 있었다.

그리고 고려에서 오는 책들도 취급하고 있었으니, 그 중 한 사람이었고 사들인 책의 내용을 읽기 시작했다.

차양막 아래 그늘진 곳에서 의자 위에 앉아 책을 펼쳤다.

고려에서 쓰인 책이지만 진랍의 글로 번역되어 있었다.

아무래도 사절로 진랍을 방문한 상태왕과 함께 왔던 만큼, 진랍 사람들을 생각해서 번역되어 있는 듯했다.

대충 읽어도 내용이 읽혀질 만큼 잘 써져 있었다.

하지만 그림에 훨씬 눈길이 갔다.

'고려에서 이런 옷을 입는 모양이군. 여자들의 옷이 화려해. 남자들의 옷은 어둡고 말이야. 이건, 고려의 악기인가?'

당나라에서 만들어진 금을 알고 있었다.

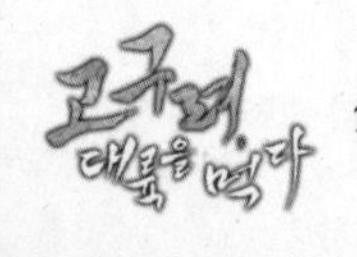

당나라 금과 비슷한 형태를 가진 악기가 그려져 있었고, 그 형태를 책을 산 상인이 유심히 살폈다.

그리고 차분히 내용을 읽기 시작했다.

고려의 옛 나라가 조선이었으며, 조선의 왕자와 한 귀족의 여식이 혼례를 맺기로 했었다.

하지만 그것을 시기한 다른 가문이 혼례를 맺지 못하도록 막았으니, 내용을 읽던 중에 상인이 주먹을 불끈 쥐면서 벌떡 일어났다.

"어휴! 이런 죽일 놈들을 봤나!"

"……?!"

상점에 책을 사려는 손님이 왔을 때였다.

상인의 소리침에 책을 사려던 손님과 파려던 단원이 화들짝 놀랐다.

그리고 동시에 상인을 봤으니, 시선을 느낀 상인이 주위 눈치를 살피다가 천천히 자리에 앉았다.

조심스럽게 책을 읽기 시작했고, 아무 일 없었던 것처럼 손님과 단원이 이야기 했다.

"이 산수책은 고려에서 온 것이오?"

"맞습니다."

"한 권 주시오."

"여기 있습니다."

고려에서 수를 잘 센다는 소문을 들었다.

그리고 수를 잘 세는 것은 장사를 할 때나, 건물을 지을 때나, 세금을 낼 때나 매우 중요했다.

관리가 공부를 위해서 산수 책을 샀고, 그에게 책을 판 단원이 단주의 상태를 봤다.

그리고 다시 단주가 주먹을 불끈 쥐었다.

"그래! 이거지!"

뭔가 통쾌한 내용을 읽은 듯했다.

격하게 반응하는 단주의 반응을 보면서 단원들이 궁금히 여겼다.

새 책을 열 수 없기에 단주가 책을 빨리 읽고 넘겨주기를 원했다.

그리고 이틀이 지나서야 단주가 책을 넘겨줬다.

"읽어도 됩니까?"

"그래, 읽어 봐! 엄청 재밌으니까! 그야말로 상상초월이야. 어떤 내용인지 알고 책을 팔려 했는데, 비싸게 팔아도 될 것 같아! 저 책도 한 번 읽어 봐야겠어!"

격한 반응을 일으키면서 감상을 전했다.

단주의 반응을 보고 단원들이 더욱 기대감을 가졌다.

그리고 책을 받아서 읽을 수 있는 은혜를 허락 받았으니, 상점에서는 읽지 못하고 집에서 차분히 읽어보기로 했다.

상점에서는 오직 주인인 단주만이 책을 읽을 수 있었다.

'인어공주'라는 책을 읽다가 눈물을 터트리게 됐다.

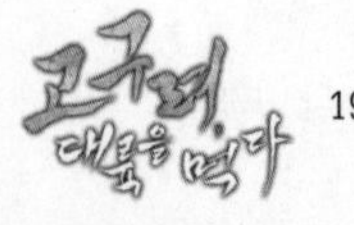

"크흑…! 흐흐흑……!"

단주가 울자 책을 사려던 손님과 단원들이 또 한 번 멈칫했다.

그리고 이번에는 단원이 조심스럽게 다가가서 물었다.

"책 때문에 그러십니까?"

단주가 젖은 얼굴로 자신이 보는 책에 대해서 말했다.

"너무 슬프잖아…! 왕자를 그렇게나 사랑하는데 알아보지도 못하고…! 크흑……!"

"……."

"너무 슬퍼서 못 읽겠어……!"

옆에다 책을 놓으면서 단주가 얼굴을 감쌌다.

그 모습을 단원이 기막히다는 시선으로 쳐다봤다.

단주가 내려놓은 책에 고려 글과 진랍의 글자로 함께 제목이 써져 있었다.

'인어공주'라는 제목이 눈에 들어왔다.

그리고 책을 사려던 손님 또한 책을 봤으니, 그는 비단옷을 입은 진랍의 귀족이었다.

남자가 아닌 여인으로 책을 읽고서 우는 상인의 행동을 기이하게 생각했다.

상인이 들었던 책을 궁금히 여기면서 단원에게 물었다.

"혹시, 파는 책인가?"

"예. 부인."

"그렇다면 보여줄 수 있겠나?"

"견본을 보여드리겠습니다. 잠시만 기다려주십시오."

보석으로 몸을 치장한 여인이 앞에 있었다.

여인이 상인이 읽던 책에 관심을 보였고, 단원이 견본을 꺼내서 여인에게 보여줬다.

책을 펼친 여인이 안의 내용을 훑었다.

그림이 먼저 눈에 들어왔다.

그림을 보면서 생각이 들었고 이내 단원에게 물었다.

"혹시 고려에서 온 책인가?"

"그런 것으로써 알고 있습니다."

"그림 속의 사람은……."

"고려 사람인 것으로 압니다. 고려에 사람들이 읽고 슬퍼하고 감동 받은 이야기라고 들었습니다. 사신다면 결코 후회하시지 않으실 겁니다."

단원으로부터 이야기를 들었다.

그의 이야기를 듣고 여인이 책 안의 내용을 한 번 더 살폈다.

그림에 고려 남자와 여인이 미려한 그림으로 그려져 있었다.

내용보다 그림에서 나타나는 고려인들의 외형이 궁금했다.

이내 단원에게 이야기 했다.

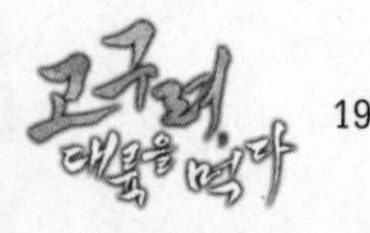

"책을 사겠다. 값을 알려 달라. 그리고 혹시 다른 고려 책도 있는가?"

"예. 부인."

"그러면 그 책도 사겠다."

결코 값이 싼 책이 아니었다.

하지만 사서 볼만한 가치는 있을 것 같았다.

무엇보다 고려에서 온 것이었고, 고려의 것은 모두 귀하고 좋은 것들이었다.

향이 나는 석감과 비단과 각종의 기물들이 이미 진랍에 퍼지고 있었다.

타오르는 불꽃에 기름을 끼얹는 것처럼 됐다.

집에 와서 책을 읽은 부인이 눈물을 흘렸다.

"흐흑…! 흐흐흑……!"

관아에서 일을 보고 집에 돌아온 관리가 어리둥절했다.

그가 우는 부인을 붙든 채 물었다.

"부인. 어찌 우는 거요?"

"이 책이 슬퍼서……."

"책이 슬프다니……?"

"너무 슬퍼서 못 읽겠어요! 흐흑…! 흐흐흑……!"

"……?"

책을 읽다가 울게 되었다는 사실을 깨달았다.

지아비인 관리의 팔을 붙든 여인이 거의 오열하듯이 울었고, 글을 읽을 수 있는 지혜로운 여인을 부인으로 삼은 관리가 황당함을 느끼면서 부인이 읽던 책을 살폈다.

그리고 얼떨결에 책을 함께 읽었고 함께 울었다.

'인어공주'에 관한 이야기가 진랍에 퍼지기 시작했고, 미녀와 야수의 사랑과, 조선 왕자와 왕비의 운명을 가진 소녀의 이야기가 알려지기 시작했다.

처음에는 책을 살 수 있는 진랍 관리나 관리의 부인 등이 책을 읽었다.

하지만 이내 이야기가 널리 퍼지기 시작했고, 하인과 하녀들이 책을 베껴 쓰면서 서로가 돌려보기 시작했다.

그리고 보통의 백성들에게 이르렀다.

백성들 사이에서 이야기가 오갔다.

"인어공주에 관한 이야기책을 읽어 봤어?"

"읽어 봤지!"

"고려에서 건너온 이야기라면서? 바다 속의 인어 공주가 왕자를 사랑해서 사람이 되고 싶었는데, 다리를 얻은 대신에 목소리를 잃는 바람에 그만……."

"인어공주가 너무 불쌍해서 죽겠어. 왕자가 왜 그리 눈치가 없는지 몰라. 인어공주가 그렇게 사랑하는데……."

"말을 할 수 없으니까……."

"아무리 그래도 그렇지… 왕자를 사랑했던 인어공주 때

문에 너무나 슬퍼…….”

인어공주가 가졌던 마음에 안타까워했다.

베껴진 책이 백성들 사이에서 팔렸다.

심지어 그림까지 베껴져서 팔렸으니, 그 그림이 본래의 그림에 보잘 것 없었지만, 백성들이 인식하고 상상하는 데엔 지장이 없었다.

오히려 고려에 대해서 궁금증을 가졌다.

그리고 고려의 것을 경험해보고자 하는 소망이 일어났다.

"왕자와 공주가 입은 옷이 정말 좋은 옷이잖아."

"그렇게 써져 있었지."

"그림으로 봐도 정말 좋은 옷 같아. 그런 옷을 우리도 입어볼 수 있다면 얼마나 좋을까?"

"나는 옷도 옷인데, 책 속에 써져 있는 음식들을 한 번씩 먹어보고 싶어."

"떡볶이를 말이야?"

"떡볶이뿐만이 아니라, 탕평채, 잡채, 고기구이까지 말이야. 책에 고려와 조선의 음식들이 써져 있는데 어떤 맛인지 정말 궁금해."

여인들이 서로 모여서 이야기를 나눴다.

베낀 책이었지만, 안에서 등장하는 인물들이 그녀들의 감성을 건드렸다.

그리고 인물이 입은 옷과 음식들에 대해서 궁금증을 가졌다.

책 안에 남긴 옷을 입으면 어떤 느낌이 날지, 음식을 먹어보면 어떤 맛이 날지 궁금했다.

또한 실제로 있는 것인지 궁금히 여기면서 진랍을 오가는 고려 상인들을 유심히 살폈다.

상태왕이 진랍에 방문한지 한 달이 지나서였다.

고려 상인들이 계속해서 진랍에 방문했고, 한 상인의 외침에 여인들의 온 이목이 집중 됐다.

"고려에서 쓰는 화장품이 왔소! 인어공주의 공주가 썼던 화장품이오! 미녀가 썼던 화장품이오! 달을 품은 해의 영지가 썼던 분이 있으니 보시오! 고려 여인들이 입는 옷도 있으니 어서 오시오! 늦으면 모두 팔리고 없을 거요! 가지고 온 물건들이 팔리면 몇 달은 기다려야 하오!"

고려 상인이 말하자 동시에 통역으로 외침이 울려 퍼졌다.

그 소리를 듣고 진랍 여인들의 눈이 잔뜩 커졌다.

"인어공주가 썼던 화장품이라고?!"

"허영지가 썼던 분을 가지고 왔다고 했어!"

"고려 여인들이 입는 옷인 것 같아! 모양을 보니 맞아!"

"다른 사람들이 와서 가져가기 전에 어서 잡아야 해!"

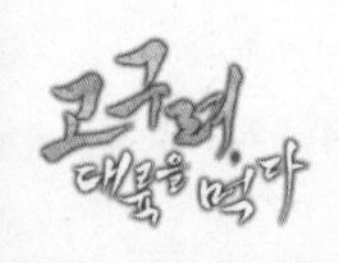

아예 눈이 뒤집어지다시피 했다.

책 안의 인물들이 입은 옷들이었지만, 고려 사람들이 입는 옷이라고 생각했다.

또한 책에 써져 있는 화장과 단장이 당장 고려 여인들이 하는 화장과 단장이라고 생각했다.

책 속의 아름다운 미녀처럼 되고 싶었고, 책 속의 미녀처럼 왕자를 만나기를 꿈꿨다.

즉시 고려 상인에게 달려가서 그가 가지고 온 화장품과 옷을 차지하기 위해서 투쟁을 벌였다.

그 모습을 진랍 상인들이 지켜봤다.

"전쟁이로군."

"여인들이 고려 옷을 차지하려고 싸우고 있어."

"저걸 가지고 오면 잘 팔릴 것 같아."

고려를 원하는 사람들이 있음을 눈으로 확인했다.

그리고 속히 움직여야 했다.

고려에서 더욱 많은 것을 가져와야 했고, 그래야 큰돈을 벌 수 있었다.

그렇게 세상에 고려가 널리 퍼지기 시작했다.

진랍에서 일어난 일이 평양으로 알려지고 있었다.

양식을 교류하다

강과 바다가 접한 어귀 포구로 사람들이 모여 있었다.

조정 대신들과 관리와 호위를 위한 군사들까지 모여 있었으니, 그 군사들은 하나같이 중갑을 착용해서 만약의 사태를 준비하고 있었다.

그리고 어떤 군사는 갑옷이 아닌 예복을 갖춰 입고 대신들과 함께 하고 있었다.

부두가 놓인 포구에 사람들이 모여 있었다.

영의정인 연개소문과 좌의정 양만춘, 우의정 권오성이 함께 하고 있었다.

사영과 을지현이 함께 하고 있었다.

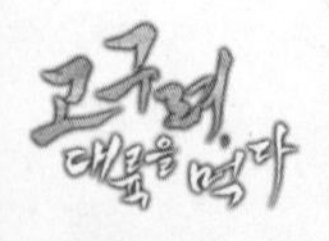

사영의 수군이 오와 열을 갖춘 가운데, 을지현 대신 연남건이 삼화 밖에서 흑개마대를 준비시켰다.

그리고 백성들이 가득했다.

포구에 선 백성들이 먼 바다를 보면서 웅성거렸다.

그들 사이에 위장한 자들이 있었다.

"경계를 철저히 해."

"예. 장군."

"수상한 자가 있으면, 수신호로 알려. 소리를 내어 봐야 행여 있을지 모를 간적들이 도주할 수 있으니까. 조용히 붙들 되, 저항하면 무기를 써서라도 제압해."

"알겠습니다."

허름한 옷차림을 한 연수가 대원들에게 지시했다.

부장인 상온과 조장인 치혁이 지시를 받들었다.

그리고 새로운 조장인 남생이 연수의 지시를 받고 대원들을 이끌었으니, 이내 집 지붕과 포구가 잘 보이는 언덕으로 향하였다.

수상한 자가 보이면 편전을 쏴서 신속히 제압하고자 했다.

물론 생명에 치명적이지 않은 신체 부위로 가려 쏠 수 있었다.

총신이 긴 저격 총을 지닌, 저격수를 맡은 대원들이 성루와 문루 위에서 대기하며 경계를 벌였다.

그렇게 거리를 감시할 때 백성들 사이에서 탄성이 일어났다.

"선단이나!"

"삼한선들이다!"

"상태왕 폐하께서 오신다!"

"와아아아!"

"상태왕 폐하! 만세!"

백성들의 환호가 터져 나왔다.

소리를 듣고 연개소문이 입꼬리를 당겼다.

멀리 수평선 위로 삼한선들이 몰려오고 있었다.

삼족오기를 세운 선단을 보면서 연개소문이 오성에게 말했다.

"폐하를 맞이할 준비를 합시다."

"예. 어르신."

미리 탐라에서 상태왕이 돌아온다는 연락을 받았다.

그리고 하루 차이로 상태왕의 선단이 돌아왔다.

한 시간이 지나 선단이 포구로 더욱 가까이 왔고, 대장선이 되는 한 척이 천천히 노를 저으면서 부두로 다가서게 됐다.

선측이 부두에 닿으면서 정박이 이뤄졌다.

계류 줄이 부두 기둥에 묶인 가운데, 현문에서 다리가 내어지고 창검과 소총 등으로 무장한 군사들이 내려섰다.

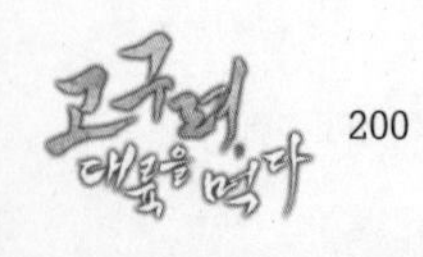

그리고 묵직한 발걸음이 다리 위에 얹어졌다.

그 걸음이 다시 부두 위에 놓였고 백성들의 함성이 더욱 크게 울려 퍼졌다.

"만세! 만세! 상태왕 폐하! 만세!"

태왕보다 위대한 성군이었다.

태왕인 고해정을 믿어 의심치 않았지만, 태왕에게 거는 것은 기대였고, 상태왕인 고보장이 백성들에게 많은 것을 남겼다.

고려를 당당한 강국으로 만들었다.

당나라에 종노릇 하던 대역 죄인들을 쳐냈고, 천군과 충신을 능히 쓰면서 백성들을 위한 나라로 변모시켰다.

덕분에 온 백성이 화평하게 지낼 수 있었다.

전쟁이 끊이지 않았지만 그로 인한 피폐함이 일어날 것이라고 여기지 않았다.

모든 것이 상태왕의 은혜였고, 백성들의 만세를 들으면서 고보장이 삼화로 당당히 돌아왔다.

그의 눈앞에서 백성들이 소리쳤다.

"만세! 만세! 만세! 와아아아아!"

자신을 향한 만세라는 것을 알았고 기분이 좋을 수밖에 없었다.

때문에 흐뭇한 미소를 지었다.

백성들의 환영을 받으면서 고려로 돌아온 것은 매우 기

뻔 일이었다.

들뜬 기분으로 부두 위를 걸었고 마중 나와 있던 대신들을 만나서 인사를 받았다.

"폐하."

"짐을 위해서 마중 나왔는가?"

"예. 폐하."

"고맙다. 덕분에 짐과 함께 한 대신들이 위로 받을 것이다. 영의정과 좌의정과 우의정이 와주었음에 외교부사를 비롯한 수행 관리들이 자부심을 얻을 것이다. 참으로 고맙다."

연개소문의 인사를 받고 연신 고마움을 나타냈다.

상태왕의 감사에 연개소문이 머릴 숙이면서 예를 나타냈다.

그리고 고개를 들면서 상태왕 뒤에서 내리는 외교부사와 관리들을 봤으니, 그들 뒤로 태학의 학도들도 차례대로 내리기 시작했다.

더웠던 남국과 달리 고려는 여전히 겨울이었다.

옷을 잘 갖춰서 입은 관리들과 학도들의 모습이 눈에 들어왔다.

그리고 그들의 모습이 평양에서 떠날 때와 많이 다르다는 것을 사람들이 깨달았다.

"뭔가, 많이 타신 것 같습니다. 햇볕 아래에 계셨습니까?"

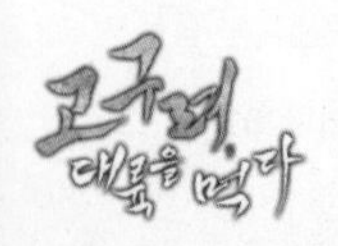

오성이 상태왕에게 물었고 고보장이 미소를 지으면서 대답했다.

“더위를 식히려고 바닷물에 몸을 담갔다. 덕분에 햇볕을 받았고 피부가 까무잡잡하게 변했다. 아파서 피부가 까맣게 된 것은 아니니 심려치 마라.”

“예. 폐하.”

“짐이 동맹을 방문하는 동안 외교부사가 많이 도왔다. 외교부사가 애써서 태학의 학도가 쉽게 동맹을 방문할 수 있게 됐다. 동맹에서 학도의 방문을 부담하고, 우리는 동맹의 학도가 고려에 방문하는 것을 부담하기로 했다. 그렇게 해서 서로의 것을 공유할 것이다. 모든 것이 외교부사의 공이다.”

상태왕이 인문을 칭찬하면서 말했다.

그 말을 듣고 오성이 인문을 보자, 인문이 허릴 굽히면서 자신이 한 것이 아님을 알렸다.

“그저 태왕 폐하의 명을 따르고 상태왕 폐하를 따랐을 뿐입니다. 우의정 어르신의 가르침 대로 했을 뿐입니다.”

인문의 대답을 듣고 오성이 말했다.

“폐하께 말씀 드릴 게. 논공은 확실하게 해야지.”

“어르신…….”

“상태왕 폐하를 곁에서 잘 보필해 드리느라 수고했어.”

“예. 어르신.”

이어 고보장이 오성에게 말했다.

"먼 길을 다녀왔다. 태왕에게 인사할 것이다. 그 후에 편히 쉴 것인 즉 지금 바로 평양으로 이동하겠다. 의정들은 관리와 군을 이끌어 호송하라."

"예. 폐하."

함께 한 관리와 군사들의 마음을 고보장이 헤아렸다.

그들의 피곤함을 알고 있었고, 때문에 평양에 가서 태왕을 빨리 만나야 했다.

빨리 만나서 인사한 뒤 쉬려고 했다.

고보장을 따랐던 관리들과 학도들이 빠르게 걸음을 옮겼다.

오성이 연개소문과 양만춘과 함께 상태왕을 호송했고, 군사들이 당당히 앞장서면서 길을 열어줬다.

고보장이 길을 지나는 동안 삼화 백성들이 연신 소리쳤다.

"만세! 만세! 대고려국 만세!"

"와아아아~!"

함성이 평양까지 들릴 지경이었다.

그리고 평양에서 울려 퍼진 함성이 온 세상에 들릴 지경이었으니, 평양으로 돌아온 고보장과 관리들이 태왕을 만나서 인사를 올렸다.

또한 학도들도 태왕을 만나 인사를 올렸다.

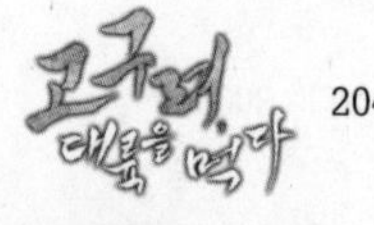

학도 중에는 교사의 꿈을 품은 자들이 있었고 그들은 태왕의 후배이기도 했다.

대전 중앙에 선 학도들에게 해정이 미소를 보이면서 물었다.

"나라 밖을 돌아보니 어떠한가?"

해정의 질문에 학도가 영광을 느꼈다.

흥분을 숨기지 못하면서 동맹국에서 보았었던 풍경들을 떠올렸다.

"우물 안의 개구리였습니다."

"누가 말이냐?"

"소인입니다. 평양에서만 자란 소인이 전혀 새로운 세상이 있다는 것을 몰랐습니다. 다른 나라 사람이 어째서 우리와 복장이 다른지, 헐벗어서 미개한 것처럼 보였지만 어째서 그런 모습을 하고 있었는지 알게 됐습니다. 날씨와 말과 관습이 전혀 다른 세상을 봤습니다."

"허면, 그들과 함께할 수 있는 길을 보았겠구나."

"예. 폐하. 그들은 그들이 사는 곳에서 최선을 다해서 살아가고, 소인을 비롯한 백성들은 소인과 백성들이 속한 고려에서 최선을 다합니다. 때문에 양식이 다릅니다. 사는 방식이 다를 수 있으나 어느 것이 뛰어나다 할 수 없습니다."

"존중을 배웠구나."

"예. 폐하. 동맹의 백성들을 존중하고 그들이 우리와 같다는 것을 깨달았습니다. 더운 남쪽에서 입었던 저희들의 옷은 두껍고 매우 더웠습니다."

학도들의 이야기를 들으면서 해정이 만족한 미소를 지었다.

그리고 그들의 식견이 넓어졌다는 사실을 깨달았다.

어쩌면 고려 밖으로 나가지 못한 자신보다도 뛰어난 지식과 지혜를 가질 수도 있었다.

그런 학도들이 장성해서 앞으로 고려를 이끌 관리와 선생이 될 것이라는 생각에 기대감을 가졌다.

고려는 더욱 강해지고 백성들은 더욱 번영을 누릴 것이라고 생각했다.

그렇게 생각할 때 인문이 나와서 책들을 해정에게 상신했다.

"이 책은 무엇인가?"

태왕의 물음에 인문이 대답했다.

"보고 들은 것들을 담았습니다. 글과 그림으로써 말입니다. 저희들이 경험한 것을 폐하께 드리고 싶었습니다."

내관이 올린 책 중 한 권을 해정이 펼쳤다.

그 안에 진랍의 풍경이 그림으로 그려져 있었다.

또한 글로 상세히 설명되어 있었으니, 고려에서 구경할 수 없는 과일에 대해서도 써져 있었다.

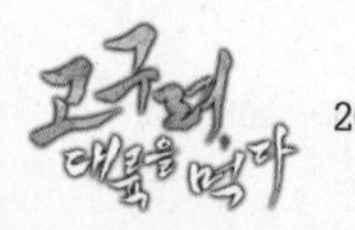

단단한 껍질에 감싸여 있지만 안에 매우 달콤한 과육을 품은 과일에 대해서 설명되어 있었다.

더해서 기괴한 형태를 가진 과일의 그림도 있었다.

냄새는 역하다 싶을 정도로 매우 고약하지만, 안엔 냄새를 밀어낼 만큼 단맛이 넘치는 과일도 있었다.

진랍 백성들의 집과 나무, 풍경들이 그림으로 나타내어져 있었다.

책의 내용들을 살피고 덮으면서 해정이 고마운 뜻을 전했다.

"고맙다. 짐이 천천히 읽어보겠다. 그리고 아바마마를 곁에서 보필해줘서 고맙다는 말을 다시 전한다."

"소신의 일이었습니다. 폐하."

"돌아가서 쉬도록 하라. 후에 논공해서 포상하겠다."

"예. 폐하."

전원 무사히 돌아왔다는 사실이 매우 기뻤다.

그 사실 하나만으로도 만족스러웠고, 백성들이 더욱 깨어나기 시작했다.

고려 밖의 세상을 깨닫고 그들과 공존하고 있음을 알게 됐다.

서로를 존중하면서 배우고자 했다.

할 일을 마친 인문이 태왕을 향해서 머릴 숙였다.

그리고 관리들과 학도들과 함께 대전에서 퇴전하여 물러

났다.

피로에 젖은 신체를 회복시키려 했고, 휴식하면서 유람을 벌였던 순간을 되새겼다.

그로부터 한 달이 지났을 무렵이었다.

학도들이 동맹을 방문했던 만큼 동맹 귀족들의 자제들이 고려를 방문하기로 되어 있었다.

추위가 완전히 꺾여 봄이 찾아오려던 때에 동맹의 백성들이 고려를 찾아왔다.

귀족 자제들이 고려를 배우기 위해서 먼 길을 지났다.

평양에 와서 구경했고, 저마다 입을 벌리면서 감탄했다.

"여기가 고려구나!"

"사람들의 옷을 봐! 책에서 봤던 모습 그대로야!"

"이곳이 달을 품은 해와 인어공주의 나라야!"

"우와!"

"이야~!"

아이누 귀족의 자제들이 있었다.

또한 진랍과 스리비자야 귀족의 자제들이 있었고, 대만 원주민들의 자식도 고려에 와서 평양을 경험하고 있었다.

비단으로 만든 옷을 입으면서 돌아다니고 있었다.

천군이 고려에 나타난 이래 새로운 음식들이 생겨났으니, 그 음식의 이름은 잡채와 탕평채였다.

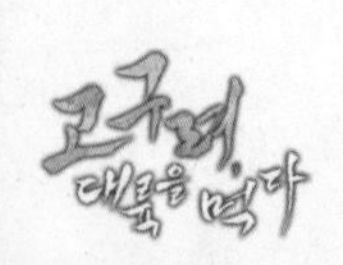

또한 떡볶이가 있었고, 숯불로 구운 고기를 맛보는 호사를 누리고 있었다.

튼튼한 철 수레를 보면서 감탄하고 있었고, 농업협동조합과 은행을 보면서 충격 받았다.

화폐에 관한 것을 배우면서 자신들의 나라에도 고려와 같은 경제가 이뤄지기를 소망했다.

화폐를 통해 원하는 것을 얼마든지 살 수 있는 세상이 펼쳐지기를 원했다.

그렇게 유학생들이 와서 고려를 배우고, 고려의 학문을 배우기 시작했다.

태학에서 유학생들의 목소리가 높아지고 있었다.

그 모습을 오성이 지켜보고 있었다.

고려에서 유학하다

집에서 한 번씩 요리를 했었다.

'하, 이거. 고추가 없으니까 답이 없네. 고추를 구하려고 당장 아메리카 대륙으로 선단을 보낼 수도 없고… 어쩔 수 없네. 고추장 없이 궁중 떡볶이나 만들어야겠어. 그것도 맛있는 음식이긴 하지만…….'

고려에 온 뒤로 먹지 못한 음식들이 있었다.

그리고 그 음식은 그리운 음식이었다.

자취를 하면서 만든 적이 있었고, 특별히 조리장들의 힘을 빌려서 재료들을 구한 뒤 음식을 조리했었다.

그렇게 만들어진 요리가 여러 가지였다.

또한 작가들과 화공들이 모여서 지은 책 안에서 등장했다.

다른 나라에 존재하지 않는 요리였고, 오직 고려에서만 먹을 수 있는 요리였다.

그 요리를 태학에서 유학생들이 맛봤다.

"이게 떡볶이야?"

"마…맞는 것 같아."

"상상과 조금 다른 것 같아. 쌀을 빚어서 길고 말랑한 떡으로 만든 요리라고 들었는데……."

"책에 써져 있던 내용대로야. 네 상상과는 다르지만 말이야. 난 내가 상상한 것과 거의 같은 형태로 나와서 놀랐어."

"책에 써져 있는 대로의 맛일까?"

"먹어 보면 알겠지. 어디에서도 쉽게 먹을 수 없는 음식이니까, 맛을 음미하면서 천천히 먹을 거야."

조정 차원에서 유학생들을 살폈다.

고려에서 학문을 배우는 유학생들은 장차 자신들의 나라에서 고려와 협력할 수 있는 인재들이었다.

그들에 대한 투자를 아끼지 않았고, 고려에서 맛있다고 소문난 요리들이 상 위에 올라갔다.

그리고 좋은 옷들이 지급 됐다.

태학 뒤편의 숙소에서 진랍과 아이누와 스리비자야의 유

학생들이 모여서 함께 생활했다.

그리고 토번에서도 10명 남짓한 유학생들이 왔으니, 그들도 고려의 것을 배우고자 했다.

숙소에서 식사를 한 후에 특별히 마련 된 교실에서 고려 글을 배웠다.

"자, 읽어 보십시오. 하늘~"

"하늘."

"달~"

"달."

"해~"

훈민정음이라 알려진 조선 글을 배웠다.

고려가 있기 전에 조선이라는 나라가 있었고, 조선 글이 곧 고려 글이라는 것을 알게 됐다.

당나라처럼 문자마다 뜻을 가진 것이 아닌, 그저 소리 나는 대로 글을 쓸 수 있었다.

자음과 모음을 조합해서 원하는 소리를 낼 수 있었다.

그 사실을 깨닫고 유학생들이 놀라워했다.

"우리말도 고려 글로 표현할 수 있는 거 아냐?"

"한 번 써 봐."

"잠시만 기다려 봐. 하나씩 써 볼 테니까."

"……."

"읽어 봐."

"무에이, 삐, 빠이."

"세상에 정말로 고려 글로 쓸 수 있어! 우리글보다 훨씬 쓰기 편해! 자음과 모음의 소리만 제대로 안다면 어떤 소리든지 쓸 수 있어!"

첫 자음과 모음, 그리고 받침 발음이었다.

글자 하나에 세 가지 발음이 들어가 있었고, 그 글자로 세상의 많은 소리들을 나타낼 수 있었다.

진랍의 말로 하나 둘 셋을 써보고, 체계적인 고려 글에 유학생들이 감탄했다.

그리고 스리비자야에서 온 유학생들도 탄성을 일으켰으니, 그들은 고려 글인 조선 글로 이런저런 단어들을 써보았다.

소리 내어 읽어보면서 서로가 서로에게 검증하면서 또 한 번 놀라워했다.

글을 익히고 난 후에 산수를 배웠고, 그 후에 여러 지식들을 습득했다.

하늘에 천체가 움직이는 이치를 배웠다.

역관이 선생을 돕는 가운데 천문을 살피기 위한 갖은 기물들을 확인했다.

해시계 앞에 태학의 선생이 섰고, 그 앞으로 유학생들이 서 있었다.

"이것이 바로 해시계일세. 속이 파인 반원구 안에 시각을 알리는 선과 절기를 알리는 선이 함께 있네. 그리고 바늘의 끝이 닿는 곳이 곧 시각과 절기일세. 첨언하자면 먼 남쪽과 북쪽의 해 높이가 달라서 절기선도 달라질 수밖에 없네."

역관이 선생의 이야기를 알려줬다.

그 이야기를 듣고 아이누에서 온 유학생이 물었다.

"이유가 무엇입니까?"

선생이 통역을 통해서 듣고 알려줬다.

"이 땅이 둥글기 때문일세. 땅이 둥글고 자전축을 중심으로 돌기 때문에 해가 마치 동에서 서로 움직이는 것처럼 보이는 것일세. 그리고 남쪽으로 향할수록 해 높이는 높아지고 자미성은 낮아지네."

선생의 이야기를 듣고 감탄을 일으켰다.

또한 자전축이 기울어져 있고 지구가 해를 중심으로 공전한다는 이야기를 들으니, 그 이치가 실로 놀랍고 충격적이기까지 했다.

모든 존재는 인력을 가진다는 새로운 이론을 접하였다.

천체에서 말할 때는 중력이라는 말을 썼고, 중력에 관성이 더해지면서 자전과 공전이 어우러진다는 이야기를 들었다.

그리고 달이 지구를 중심으로 돌면서, 종종 해를 가리며 일식을 일으킨다는 가르침을 얻게 됐다.

천문에 관한 이치를 깨닫게 된 유학생들이 서로 이야기 했다.

"그러면 해가 까맣게 변하는 일이 별 일이 아닌 거야?"

"선생의 가르침대로라면 그런 셈이지."

"세상에! 그러면 그다지 불길한 일도……."

"그런데 나는 솔직히 작년부터 이야기를 들었어."

"어떤 이야기를 말이야?"

"당나라에서는 해가 까맣게 되었을 때 황제의 덕으로 물리쳤다 어쨌다 했었는데, 고려에서는 그저 구경거리로 삼았다 하더라고. 고려를 다녀온 상인으로부터 들었어."

"그렇다면 정말로……."

"별 거 아닌 거야. 그리고 고려에서 가르쳐준 자전과 공전 법칙이 맞을 거야. 낮밤과 해 높이와 절기까지 전부 들어맞아. 심지어 달의 모양이 바뀌는 이유까지 말이야. 땅이 둥글기 때문에 세상 어디에도 중심은 없어."

당나라가 세상의 중심인 줄 알았다.

하지만 그런 관념이 틀렸다는 것을 알게 됐다.

당나라도 세상 많은 나라 중에서 하나였고, 고려도 마찬가지였다.

진랍도 마찬가지였고, 대만과 아이누도 마찬가지였다.

지식의 차이는 있을지언정 급의 차이는 결코 없었다.

그 사실을 깨달았을 때 당 황제가 벌였었던 만행의 이유를 알게 됐다.

"어째서 고려를 미워하는지 알 것 같아. 당 황제가 하늘의 자식이라 칭하면서 온 세상을 통치하려고 하는데, 고려 때문에 당 황제의 거짓말이 들통 난 거야. 백성들이 거짓말인 것을 깨닫고 들고 일어날까 봐 두려웠던 거야."

고려의 멸망을 바라면서 전쟁을 벌였던 이유를 알게 됐다.

또한 고려 편에 섰던 동맹국들 중 진랍을 특별히 공격했던 이유를 알게 됐다.

당나라의 천하를 지키기 위해서 수단을 가리지 않았었다.

그 사실을 깨달으면서 이미 죽은 당 황제에 대해서 분노를 가졌다.

그리고 당나라가 여전히 적국이라는 것을 되새겼다.

고려와 함께 맞서야 한다고 생각했다.

또한 백성들을 위하고자 했다.

"당나라와 교류하지 않아도 돼. 고려에 모든 것이 있으니까."

"당나라는 하늘의 이치를 제대로 알려주지 않아. 자기들이 세상의 중심인 것처럼 여겨지기를 원하니까."

"고려만이 진실을 알리고 우리와 함께해 줄 수 있어."

큰 신뢰를 얻었다.

모인 유학생들이 서로 이야기 하고 있었고, 그 모습을 오성이 멀리서 지켜보고 있었다.

유학생들이 나누던 이야기를 외교부에 속한 역관을 통해서 들었다.

그의 곁에 양만춘이 있었다.

양만춘이 오성에게 말했다.

"유학생들이 우릴 더욱 믿게 되었군."

"예. 좌의정 어르신."

"진실을 알려주니까 말일세. 영의정 어르신으로부터 들었네만, 진실이 신뢰를 만들고 신뢰가 위엄을 만든다고 들었네. 그 위엄에 백성들이 충성하는 것일 테고 말일세."

"동맹 사이에는 우호와 협력으로 이어집니다. 운명을 함께 하며 거짓 위엄을 세우는 적에게 맞설 수 있습니다."

"당나라가 거짓 위엄이지."

"예. 어르신."

"덕분에 동맹들의 연이 더욱 굳건해졌네."

흐뭇한 미소를 지으면서 말했다.

그리고 유학생들이 자신들의 나라를 위하면서도 고려를 위한 인재로 거듭날 것이라고 예상했다.

동맹의 중요성을 느꼈고 적국인 당나라를 사방에서 압박할 것이라고 여겼다.

또한 고려의 자부심을 느꼈다.

"동맹의 온 백성이 고려 것을 찾는다고 이야기를 들었는데……."

양만춘이 언질 했고 오성이 이야기 했다.

"고려 옷과 음식 등을 찾는다는 보고를 들었습니다."

"대행수를 통해서 말인가?"

"외교부사를 통해서도 소식이 들어왔습니다. 특히 여인들 사이에서는 고려에서 쓰는 분과 연지를 찾는다고 합니다. 그래서 상인들이 급히 마련하고 있습니다."

"여인들의 분과 연지에 독극물이 있었다고 말했었네."

"예. 어르신."

"독극물이라는 게 무엇인가? 독이 있었다면 이미 분과 연지를 쓰는 여인들이 위험해졌을 텐데 어째서……."

여인들이 쓰는 화장품에 대해서 이야기를 들었었다.

얼굴에 바르는 분과 연지에 독이 있다는 이야기를 들었고, 그 독이 무엇인지 오성이 알려줬다.

"수은입니다."

"수은?"

"액상으로 된 금속을 말입니다."

"아, 기억나네. 연지에 쓰이는 진사 가루를 끓이면 나오지 않는가. 분의 재료로도 쓰고 말일세. 헌데, 그것이 독극물인가?"

수은이 독이라는 말을 이해하지 못하면서 양만춘이 물

었다.

그의 물음에 오성이 미소를 한 번 보이고서 알려줬다.

"적은 양이 몸에 들어오면 티가 안 날 수 있습니다. 하지만 누적이 되면 치명적으로 변합니다. 머리에서 생각하고 사지를 움직이게 하는 신경이라는 것이 있는데, 수은이 신체에 누적되면……."

"신경에 해를 끼치는가?"

"환청을 들을 수 있고 환영을 볼 수도 있습니다. 신체에 상한 부위도 없는데 통증을 느끼는 듯한 착각에 빠질 수 있고 말입니다. 사람 구실도 못할 정도로 장애에 빠져서 괴로워 하다가, 심장으로 향하는 신경이 해를 받으면……."

"자네가 말한 신경이 내가 판단하는 신경이라면 심장이 멈출 수도 있겠군."

"입을 통해서든지 숨을 통해서든지 몸에 들어올 수 있습니다. 심지어 피부로도 조금씩 들어올 수 있습니다. 얼굴에 수은이 닿으면 주름이 펴지는 듯한 느낌을 받을 수 있는데, 피부가 해를 입어서 겉면이 벗겨지고, 미세한 혈관에 피가 흐르지 않으면서 피부가 조금 붓는 것입니다. 때문에 주름이 펴지는 듯하지만 나중에 가서는 얼굴 피부가 썩게 될 것입니다."

"진사를 쓰지 못하도록 막아야겠군."

“이미 써서는 안 될 재료라는 것을 알렸습니다. 증발된 연기를 마시면 폐가 망가질 수 있다는 사실도 말입니다. 때문에 다른 재료를 쓸 수 있도록 권유했습니다.”

“어떤 재료를 말인가?”

“식물에서 나는 재료들이 있습니다. 식물성 기름과 색소로 하여금 연지를 만들 수 있고, 분을 만들 수도 있습니다. 사람에게 해를 주는 것을 만들지 않도록 원칙을 제시하면 상인들이 알아서 마련할 것입니다.”

오성의 이야기를 듣고 양만춘이 고개를 끄덕였다.

진사가 아닌 다른 재료로 연지와 분을 만들고 고려의 여인들이 쓰고 진랍을 비롯한 동맹의 여인들이 쓸 것이라고 생각했다.

그리고 그렇게 된 이유를 양만춘이 알고 있었다.

“자네 덕분일세. 자네가 재밌는 책을 만들었으니 말일세.”

“작가들과 화공들이 만들었습니다.”

“자네가 이야기를 알려주지 않았다면 불가능 했을 것이네. 자네가 큰 틀로 이야기를 알려줬기에 작가들과 화공들이 책을 만들 수 있었네. 덕분에 세상의 많은 사람들이 책을 통해서 고려를 선망하게 됐다.”

천군이 작가들과 화공들과 만든 책으로 인해서 벌어진 일이었다.

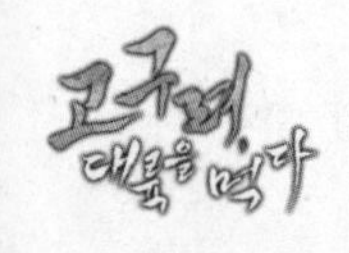

그 책으로 인해 고려의 옷과 음식 화장품 등이 인기를 끌고 있었다.

그리고 그것은 동맹국들 사이에서 끝나지 않고 있음을 알고 있었다.

"혹, 당나라에도 자네의 책이 퍼졌는가?"

양만춘이 물었고 오성이 피식 웃으면서 대답했다.

"한문으로 번역된 책들도 있었습니다. 때문에 조만간 반응이 있을 것입니다. 그리고 태후가 된 무 황후가 교역로를 다시 연다는 소문이 있었습니다."

"교역로를 다시 연다고?"

"권력이 정리되었기 때문에 당나라 국력을 높이려는 겁니다. 우리가 가진 앞 선 지식들을 구할 수도 있습니다."

오성의 이야기를 듣고 양만춘이 미간을 좁혔다.

"그러면 큰일이지 않은가?"

"맞습니다. 어르신."

"당나라가 우릴 좇고 능가하려 한다면……."

"우리 방식을 철저히 따라준다면 용납해 줄 수 있습니다."

"용납해 준다고……?"

"하지만 따라줄 일이 없기에 용납도 없을 겁니다. 백성들에게 진실을 알릴 정의나 배짱이 없기 때문입니다. 그래서 모든 수단을 동원해서 당나라가 강해지는 것을 막을 것입니다. 불리할 땐 엎드리고 유리할 땐 반드시 칼을 휘두를 겁니다. 그만한 지혜가 당 태후에게 있습니다."

권력의 정점에 선 당 태후의 움직임을 살피고 있었다.

또한 그녀가 가진 생각과 행동들을 예측하고 있었다.

그녀가 가진 진심을 꿰뚫어보고 있었고, 당나라의 국력을 키우고 나서는 반드시 세상을 호령할 것이라고 생각했다.

세상의 중심이라는 정통성을 아직 버리지 않았다.

그로 인한 결과는 반드시 예정되어 있었다.

오성의 미소를 보면서 양만춘이 기대했다.

"흔들어 보게. 애써 자네가 지은 이야기들이 들어갔으니까 말일세."

"예. 어르신."

"당나라 백성들도 진랍 백성들처럼 만들어 보는 것일세."

민심이 따로 놀도록 만들려고 했다.

그 계획을 오래 전부터 구상했었다.

이제 당 조정과 백성들의 생각을 찢어놓을 차례였다.

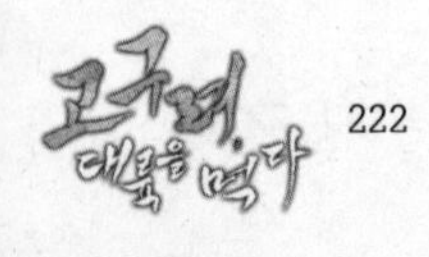

무조가 태세를 전환하다

사람들을 울리고 감동 시킨 이야기책이 고려에서 만들어졌다.

그 책이 여러 언어로 번역되면서 더욱 많은 사람들이 읽을 수 있었으니, 그중에는 당나라 말로 번역된 것도 있었다.

한문으로 쓰인 책들이 밀수를 통해서 바다를 건넜다.

금릉 포구를 중심으로 책이 돌았으니, 책을 본 사람들 중에서 어느 누구도 울지 않거나 통쾌함을 느끼지 않은 사람이 없었다.

그것은 곧 재미였다.

재밌는 이야기는 어떻게 해서든지 팔릴 수밖에 없었다.

한 상인이 글을 잘 쓰는 사람들을 모아서 일을 시켰다.

붓을 든 사람들이 연신 책 종이 위로 글씨를 쓰는 가운데, 그들 사이로 단주라 불리는 위인이 지나갔다.

"낙양으로도 책을 보내줘야 하네. 그리고 다음엔 북평일세. 소문을 듣고 책을 구하려 한다고 하니까 말일세. 열흘 안으로 책을 300권 완성해야 하네."

몇 권의 책들이 낙양과 북평으로 먼저 갔었다.

그리고 반향이 은밀하게 일어났으니, 처음부터 팔릴 책이라는 것을 미리 사본들을 뜨고 있었다.

돈을 받고 일하는 식자가 빠르게 붓을 놀렸다.

그리고 화공들이 그림을 그렸으니, 그림까지 더해진 책은 훨씬 비싸게 팔릴 수 있었다.

백성들 사이에서 입소문이 더해지고 있었다.

다른 상인이 책을 팔기 전에 먼저 팔아야 했다.

여기를 더하며 책을 만들어가던 와중에, 단주 대신에 단원들을 감독하는 행수가 물었다.

"하온데 어르신. 이 책들이 전부 고려와 관련되어 있습니다. 고려의 옛 나라가 조선인데, 책이 퍼져서 문제가 되지 않겠습니까? 만약 들키기라도 하면……."

행수의 말에 별 걱정이라는 듯이 단주가 말했다.

"고종 황제 폐하께서 계실 때는 그랬었지. 하지만 지금은 달라. 이미 고려에서 밀수품들이 들어오고 있으니까. 그것을 과연 장안에서 모르겠어?"

"그렇긴 합니다만……."

"언제까지고 교역을 다 막을 순 없을 거야. 연소하시만 새로운 황제 폐하께서도 황위에 오르셨으니까. 그리고 대리청정을 하시는 태후마마께선 지혜로우신 분이시니까, 걱정하지 말고 책을 만들게. 들키면 뇌물을 줘서 묵인할 수도 있으니까 걱정하지 말게."

"예. 어르신."

"우린 고려의 것을 빼앗아서 막대한 이문을 취할 것이네."

진품이 있었고 가짜가 있었다.

하지만 당나라에는 명필가가 많았고 그림을 잘 그리는 화공들도 많았다.

고려에서 들여온 책을 많이 팔면 고려도 이득 보는 일이었지만, 그 책을 베껴서 파는 것은 결국 상단을 위한 일이었다.

상단을 위한 일은 상단에서 일하는 단원들을 위한 일이었고, 단원들은 대당국의 백성이며, 곧 백성들을 위한 일이었다.

그러한 일을 벌이면서 고려에서 들어온 이야기책을 마음껏 베꼈다.

전에 고려에 관한 것을 궁금히 여기기만 해도 목이 달아났었던 순간이 있었다.

하지만 시대가 바뀌었다.

고려를 경계했던 황제가 붕어하고, 어린 황태자가 황위에 올랐다.

철이 뭔지도 모를 연소한 황제 대신 무 태후가 황제 대신 청정을 벌였다.

고려에 관한 일들을 조금씩 용납했고, 눈치를 살피던 상인들이 움직이기 시작했다.

적절한 시기에 먼저 움직이는 상단만이 이문을 최고로 남길 수 있었다.

비록 수면 아래에서 밀수되는 것이었지만, 고려에 관련된 것은 막대한 이문을 안겨다주는 것이었다.

그러한 상인들을 통해서 고려의 이야기책들이 온 천하로 보내어지게 됐다.

책을 읽은 백성들이 감동하면서 눈물을 흘렸다.

"이런 이야기가 있다니……."

"인어공주의 희생이 너무나 가슴 아파. 왕자를 위해서 목숨까지 내어주다니……."

"너무 슬퍼서 다시는 못 읽겠어."

또한 통쾌함을 느끼면서 책에 나온 것들을 궁금히 여기기도 했다.

"달을 품은 해에서 나오는 음식이 뭐였지?"

"떡볶이라던데?"

"조선이 고려의 옛 나라라면서? 그러면 고려에도 있을까?"

"그거야 모르지. 가 봐야 알 거야. 하지만 책 안에 나온 대로라면 정말로 맛있는 음식일 거야. 우린 주로 밀을 먹는데 고려에서는 쌀을 먹어."

당나라 음식과 고려의 음식 차이를 깨달았다.

그러면서 고려의 음식을 궁금히 여기고 책에서 나오는 분과 연지, 옷에 대해서 관심을 보였다.

하나같이 이야기 책 속에 나오는 왕자, 혹은 공주, 왕자비이기를 원했다.

왕자비처럼 되어서 왕자 같은 이를 만나길 소원했다.

그렇게 백성들 사이에서 이야기가 퍼지고 있었다.

그리고 그것을 알게 모르게 조정에서 허용하고 있었다.

다시 교역로를 열렸다.

교역로를 열고 상인을 받아들이겠다는 공표가 이뤄진지 한 달이었다.

겨울이 지나고 봄에 이르렀을 때였다.

연소한 황제가 학문을 닦는 사이, 태후인 무조가 정사를 논하며 대당국을 다스렸다.

그녀가 정후전에서 그녀의 신하를 불렀다.

새롭게 사도에 오른 대신이 그녀의 부름을 받고 입전해서 머릴 숙였다.

자신에게 인사하는 유인궤에게 상석에 앉은 무조가 물었다.

"교역로를 다시 연 지 꽤 시일이 지났소. 이국의 상인들도 조정의 포고를 들었을 터인데, 낙양이나 금릉을 오가는 상인들이 있소?"

"조심스럽게 오가는 상단이 하나씩 늘고 있습니다."

"내 생각보다는 시간이 좀 더 걸리겠군."

"아무래도 다시 교역로가 닫히는 것을 우려하는 듯합니다. 때문에 이국 상인들이 신중을 기하는 것 같습니다. 하지만 교역로가 유지되면 결국 늘게 될 것입니다."

미리 유인궤와 의견을 나눴었다.

그의 이야기를 듣고 무조가 고개를 끄덕였다.

그리고 긍정적으로 생각했다.

"시간이 걸리겠지만 반드시 돌아올 거요. 장마당을 가득 채웠던 때처럼 말이오. 대당국은 천하에서 백성들의 수가 가장 많소. 말인 즉, 물건을 살 사람도 많고 팔 사람도 많소. 교역이 원활하면 이문을 최고로 낼 수 있으니 상인들이 돌아올 것이오. 그러니 지속적으로 교역로를 유지할 것이라는 것을 알리시오."

"……."

"어째서 대답하지 않는 거요?"

태후의 명이 곧 황제의 명이었다.

무조가 유인궤에게 지시를 내렸고 입을 다문 유인궤가 고민에 잠긴 듯한 모습을 보이면서 대답하지 않았다.

그런 유인궤에게 무조가 물었으니, 이내 근심을 드러내면서 유인궤가 답하였다.

"황실의 정통이 위험해질 수도 있습니다."

대답을 듣고 무조가 물었다.

"정통이라면 어떤 정통을 말이오?"

이미 정후전에 사람들이 물려져 있었다.

때문에 어떤 이야기든지 나눌 수 있었다.

태후의 물음에 유인궤가 다시 고민하다가 조심스럽게 입을 열었다.

"하늘의 이치가 들어올 수도 있습니다."

"해와 달의 움직임에 대해서 말이오?"

"고려가 가르치는 하늘의 이치는 천자이신 황제 폐하의 정통을 공격하는 데에 힘을 쏟는 논리입니다. 그런 논리가 백성들에게 스며들 수 있습니다. 그리고 독버섯처럼 퍼지면, 결국 선한 백성도 대역죄를 저지르는 역적이 될 것입니다. 선황 폐하께서도 그 부분을 우려하셔서 교역로를 닫으셨습니다."

유인궤의 이야기를 듣고 무조가 곰곰이 생각했다.

그리고 피식 웃었다.

"허면, 선황 폐하께서 하신대로 교역로를 닫았을 때, 과연 고려에서 가르치는 이치가 퍼지지 않겠소? 과연 백성들 중 한 명도 그런 이야기를 듣지 않을 수 있겠소?"

무조의 물음에 유인궤가 눈을 감으면서 대답했다.

"불가능할 것입니다."

"그래서요."

"……."

"나라 밖으로 향하는 모든 길을 끊어도, 오랑캐의 논리가 들어오는 것을 막을 수 없으니까 말이오. 그래서 취할 것이라도 취하려는 것이오."

태후의 판단을 듣고 유인궤가 여쭈었다.

"하오면, 태후마마께서 취하신다 말씀하시는 것은 상단의 이문입니까?"

그의 물음에 무조가 다시 미소를 보이면서 말했다.

"고려의 지식과 기예요."

"지식과 기예……."

"알다시피 황군의 화기는 고려의 화기를 능가하지 못했소. 결국 고려의 지식과 기예에 관한 것인데, 과연 고려가 우릴 위해서 알려주겠소?"

"알려주지 않을 것입니다."

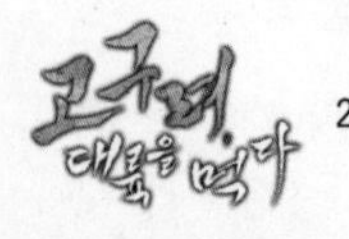

"돈이라면 목숨을 거는 자들이 알려줄 것이요. 돈을 주면 조국도 배신할 수 있는 게 상인이니까 말이오. 하지만 그렇게 하려면 결국 상인들이 들어와야 하오."

마저 정리해서 무조가 유인궤에게 말했다.

"정통을 건드리는 언동만큼은 결코 용납하지 않을 거요. 대역죄를 지은 자와 그들과 관련 된 무리들을 반드시 진멸할 것이오. 하지만 고려를 궁금히 여기는 정도라면 얼마든지 용납할 거요. 대신 우리는 고려의 지식과 기예를 취할 것이니 말이오. 그리고 능가할 것이오."

의지를 드러내면서 이야기 했다.

태후의 계획을 유인궤가 들었고 그에게 무조가 어떤 판단을 가졌는지 물었다.

"사도는 어떻게 생각하오?"

그녀의 물음에 유인궤가 어렵사리 대답했다.

"유일한 것 같습니다."

"이 나라가 고려를 능가할 수 있는 길이 말이오?"

"예. 태후마마… 태후마마께서 말씀하신 길만이 가능한 길인 것 같습니다."

대답을 듣고 무조가 만족했다.

"중요한 것은 대당국이 고려를 능가하고 진멸하는 것으로써 증명하면 해결될 일이요. 그렇게 되면 백성들은 자부심을 내려준 황실과 조정에 충성을 바칠 것이오. 설령 고려가 전파하는 하늘의 이치가 진짜라 여긴다 하더라도 말이오. 그러니 우리는 결코 수단을 가려서는 안 되오."

"예. 태후마마."

"내려진 명대로 교역로가 열린 것을 알리시오. 그리고 상인들의 방문과 교역을 독려하시오. 그것만이 이 나라의 미래를 밝히는 일이오."

무조의 명에 유인궤가 머릴 숙였다.

"황명을 받들겠습니다. 태후마마."

그녀에게 머리를 조아리고 일어섰다.

그리고 한 번 더 머릴 숙이면서 인사한 뒤 뒷걸음으로써 정후전에서 물러났다.

자신의 대전에서 나가는 유인궤를 보면서 한 번 더 생각했고, 앞으로 당나라의 미래가 밝혀질 것이라고 생각하면서 기대를 가졌다.

그런 무조의 계획대로 교역로가 열렸다.

연신 교역로가 닫히지 않을 것이라는 소식이 천하에 알려졌다.

당나라를 방문하는 상인들이 조금씩 늘다가 괜찮다는 인식이 새겨지면서 더욱 늘어났다.

고려에서 당나라로 직접 교역을 벌이는 상인들이 생겨났고, 그들이 가지고 온 물목이 당나라 백성들을 흥분시키게

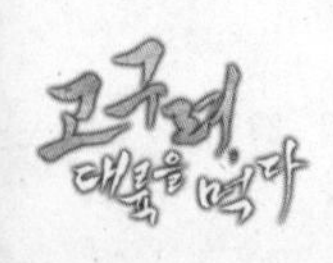

됐다.

아이누에서 출발한 상인이 거칠산과 평양을 거치고 금릉에 이르렀다.

금릉에 도착한 상인이 여인들이 좋아할 만한 물목을 진열했다.

장터를 오가는 여인이 진열된 물목을 확인하고 눈을 키웠다.

진열대 위에 놓인 옷을 내려다보면서 혹시나 하는 마음으로 상인에게 물었다.

"혹시, 고려에서 온 옷이오?"

상인이 고개를 끄덕이면서 대답했다.

"맞소. 그리고 달을 품은 해의 허영지가 입었던 옷이오."

"네……?!"

"허영지가 실제로 있는 사람은 아니지만, 입었다면 아마도 이 옷을 입었을 거요. 같은 모양으로 만들어졌으니까 말이오. 그리고 달을 품은 해에서 나오는 연지와 분도 함께 팔고 있소."

"……?!"

상인의 대답을 듣고 여인이 경악하면서 소리쳤다.

너무 놀라서 자신이 어떤 행동을 벌였는지 기억조차 못할 지경이었다.

그저 상인이 가지고 온 옷과 분과 연지를 사려고 했다.

비싼 값을 치러서라도 반드시 가지고자 했다.

그리고 입소문이 나면서 금릉의 여인들이 모두 원하게 됐다.

"고려 옷을 파는 상인은 어디에 있어?"

"분명히 어제 있었는데 대체 어디로 간 거지?"

"빨리 이야기 했어야지! 벌써 물건을 다 팔고 떠났잖아! 이제부턴 아예 장터에 살다시피 해야겠어!"

비단옷을 입은 여인들이 장터에 죽 치면서 돌아다니기 시작했다.

고려에서 온 상인을 찾으려고 했고, 책속에서 나오는 옷과 분과 연지를 반드시 구하려고 했다.

그것뿐만이 아니라, 홍삼과 향이 나는 석감과 온갖 것들을 구하려고 했다.

그런 여인들과 상인들의 행동을 다른 상인들이 포착했다.

무엇을 통해서 돈이 흐르는지 깨닫게 됐다.

"고려로 가야 해! 고려에 모든 것이 있어!"

"넝마도 고려에서 가져왔다고 하면 비싼 값에 팔릴 거야!"

당나라의 모든 재정이 고려에 맞춰지기 시작했다.

상인들이 원하는 화폐는 철전이 아닌, 온달과 명립답부,

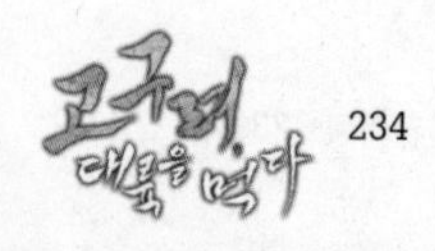

강이식, 을파소, 을지문덕이었다.

원화로 불리는 고려 화폐를 구하고자 했다.

그래야 고려의 것을 구할 수 있었다.

그것은 무조가 전혀 예상하지 못한 일이었다.

무조가 공정을 벌이다

상인들이 고려의 물산을 구하고자 했다.

그로 인해서 벌어지는 일들이 있었다.

그 일이 대리청정을 벌이는 태후에게 알려졌으니, 사도 유인궤가 정후전에서 태후에게 보고를 올렸다.

소식을 들은 태후가 눈썹을 움찔거리면서 물었다.

"고려 화폐인 원화를 구한다고 말이오?"

"예. 태후마마."

"그래서 이 나라에서 나는 것을 고려에 판다고?"

심기 불편한 목소리로 유인궤에게 물었다.

그녀의 물음에 유인궤가 담담한 말투로 대답했다.

"밀, 양잠, 유기 등이 팔리고 있습니다. 심지어 고려에서 만들어지는 것들인데 원화를 구하기 위해서……."

"싼 값에 대량으로 팔겠군……."

"때문에 시세가 오르는 중입니다. 상인들이 고려에 파는 물품들이 하나같이 민생에 직결되는 것들입니다. 대신에 들여오는 것은 고려 비단과 옷, 향이 나는 석감, 장삼입니다. 고려에서는 장삼을 특별히 제조해서 홍삼이라는 이름으로 비싸게 팔고 있습니다."

"그리고 고려 것들을 더욱 비싸게 팔겠군."

"예. 태후마마. 부르는 값대로 팔리고 있습니다. 백성들이 고려에서 들어온 이야기책에 빠져 있습니다. 책에서 나오는 것들을 원하고 있습니다."

무조 앞에 놓인 탁자 위에 책들이 놓여 있었다.

책들을 보면서 유인궤가 말했다.

그리고 그 책이 어떤 내용인지 이미 무조가 읽어보면서 알고 있었다.

조선의 왕자에게 반한 인어공주의 이야기와, 미녀와 야수, 조선 왕자와 왕자비가 되어야 했던 소녀의 이야기였다.

그 이야기들이 온 중원을 뒤흔들고 있었다.

책에서 나온 옷과 분과 연지 등을 여인들이 원하고 있었다.

고려의 것이 최고라는 이야기가 돌았고 너나 할 것 없이 고려 것을 구하려 하고 있었다.

그로 인해서 상인들이 원화를 구하려고 국부를 유출시켰다.

그런 과정을 무조가 떠올리다가 인상을 굳혔다.

잠시 생각하다가 의미심장하게 미소를 지었으니, 유인궤가 무조의 눈치를 살피면서 머릴 숙였다.

"상인들의 거래를 막으시는지요?"

책을 덮으면서 무조가 말했다.

"막는다고 해서 막히겠소? 이미 백성들이 푹 빠진 상태라면 밀수를 벌여서라도 고려의 물산을 구할 것이오. 그리고 이국 상인들이 중원으로 올 수 있도록 애써 길을 열어줬는데, 그들에게 다시 불신을 안겨줄 수 있는 일이 될 수 있소."

"하오면, 어찌……."

"차라리 베끼는 것이 낫소."

"베낀다고 말씀이십니까?"

"책을 베껴서 팔 듯이 고려의 분과 연지, 향이 나는 석감, 옷, 먹거리 등을 베껴서 파는 것이오. 그렇게 하면 굳이 이나라 상인들이 고려 것을 구할 필요가 있겠소?"

"없을 것입니다."

"우리에겐 얼마든지 그렇게 할 수 있는 기예를 가지고 있소. 그리고 나라 안에서 만들 수 있다면 굳이 원화가 필요하겠소? 이 나라에서 나는 것을 고려에 가져다 팔지 않아도 될 테니, 굳이 상인들의 거래를 막지 않아도 되오. 상인들의 거래를 막아 봤자 백성들에게 죽어야 할 이유만 주게 되오. 그리고 고려 것을 베껴야 되는 이유가 따로 있소."

"어떤 이유인지요?"

"고려가 특별한 나라로 여겨지지 않도록 만들어야 하오. 고려가 특별한 나라로 여겨지기에 이국이 목을 매는 것이오."

호흡을 한 번 고르고 무조가 의지를 담아서 이야기 했다.

"고려는 조선을 이은 나라라고 주장하고 있소. 하지만 조선은 우리 역사 속에서의 나라인 한나라에게 멸망당했었소. 따라서 한나라 것이 우리 것인 만큼 조선 또한 우리 것이오. 우리에게서 떨어져 나간 나라가 부여국이며, 부여국에서 다시 태어난 나라가 고려요. 그러니 고려의 뿌리는 중원이오."

비릿한 미소를 보이면서 다시 책을 펼쳤다.

책에 쓰여 있는 글을 짚으면서 무조가 이야기 했다.

"떡볶이는 당나라 음식이오. 그 사실을 만천하에 알릴 것이오. 고려의 것은 가짜가 될 것이고, 중원의 것이 진짜가 될 것이오."

그녀의 말에 유인궤가 머리를 숙이면서 대답했다.

"영명하신 판단이십니다."

"말한 대로 세부 계획을 짜시오. 당장 우리가 부족해서 고려의 것을 베끼지만, 끝내 오랑캐의 것을 능가하고 천하에서 고려를 지울 것이오. 계획을 짜는 대로 보고하고 실행에 옮기시오."

"예. 태후마마."

황제를 대신하는 태후의 지시를 유인궤가 받들었다.

그가 태후의 대전에서 일어난 뒤, 한번 더 머리를 숙이면서 인사했다.

그리고 대전 밖으로 나섰다.

정후전에서 나오는 즉시 대신들과 회의할 수 있는 중앙관아로 향했고, 그곳에서 대신들에게 무조의 조치와 처결을 알려줬다.

고려의 것을 베껴야 했다.

또한 물건을 만들고 사고 파는 사람들의 역할이 매우 중요했다.

당나라에 이름난 상인들이 황명으로 부름을 받았다.

그중에 이엽도 있었으니, 북평과 금릉과 낙양, 성도의 상인들과 함께 있었다.

장안 관아에 상인들이 모여 있었다.

지시를 받은 상인들이 서로 이야기 했다.

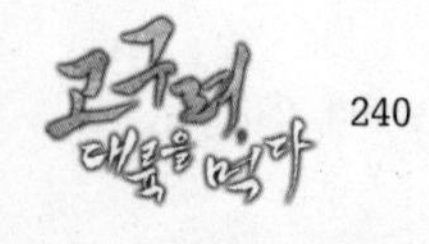

"책에서 나오는 분과 연지를 베끼라고?"

"이미 있는 것이지만 고려 것으로 꾸미라는 거겠지. 어차피 어디에서 만들던 고려에서 났다는 말만 있으면 팔리잖아. 어르신께서 하신 말씀은 그런 뜻일 거야."

"그런데 조선이 우리 역사라니……."

고려가 이었다고 주장하는 조선의 역사가 당나라 역사라고 들었었다.

그 말에 상인들이 술렁이고 있었고 한 상인이 손을 들면서 물었다.

"송구합니다만, 사도 어르신."

"말하라."

"소인들이 알기로는 조선은 고려의 역사 속에서 세워졌던 나라로 알고 있습니다. 하온데 어찌 우리 역사 속의……."

상인의 물음에 유인궤가 알려줬다.

"한나라가 우리 역사 속의 나라이기 때문이다. 한나라가 조선을 멸망시켰고 조선의 정통과 백성들을 취했다. 그리고 한나라는 위촉오로 나뉘어졌다가, 진이 합하고 다시 쪼개지고 수가 된 뒤, 지금의 황실이 이전에 세워졌던 황실의 정통과 땅과 백성을 물려받았다. 그러니 어찌 우리 역사라 말하지 않을 수 있겠는가."

"드…듣고 보니, 그런 것 같습니다."

"따라서 고려의 것도 우리 것이다. 그 사실을 단원들에게 알리고 가르쳐라. 고려에서 나는 모든 것이 우리 것이다."

목소리에 힘을 실으면서 유인궤가 상인들에게 말했다.

"고려에서 나는 것을 베끼는 것은 고려 것을 베끼는 것이 아니라 우리 것을 이용하는 것이다. 고려의 석감이 뛰어나다면 그것을 베끼고 더욱 좋은 것을 만들어라."

황명을 받드는 사도의 이야기를 듣고 상인들이 환하게 웃었다.

"마음껏 베껴야겠군."

"이렇게 되면 베껴서 고려 것이라고 팔아도 조정에서 봐준다는 이야기잖아?"

"고생해서 고려에서 분과 연지를 들일 필요도 없겠어."

"석감과 홍삼도 마찬가지고 말이지."

"그런데 고려 것이 우리 것이면, 고려 백성도 우리 백성이라는 뜻 아냐?"

"그렇게 되겠지?"

"그러면 앞으로 고려와 전쟁을 치를 때, 우리 땅과 백성을 되찾는 전쟁이 될 수도 있겠네?"

"아마도?"

"고려 왕과 무리들은 우리 백성을 약탈한 놈들이야. 우리 땅과 백성을 되찾아야 해."

"옳소!"

불과 한 해 전만 하더라도 오랑캐라 불렀었던 것을 잊은 듯했다.

고려를 오랑캐로 칭했을 때 패하면 곧 오랑캐에게 패한 것이 된다.

하지만 고려의 백성을 당나라 백성이라 칭하면, 오랑캐에게 패한 것이 아닌, 당나라 백성이자 반역자들에게 지는 것이 되는 일이었다.

적어도 중원인으로서의 자존심만큼은 지킬 수 있었다.

그러한 안도감이 상인들의 가슴을 적시고 있었다.

이엽이 미간을 좁힌 상태에서 지켜봤다.

그에게 유인궤가 와서 물었다.

"고려 것을 능가해야 된다. 가능하겠지?"

신임 사도의 물음에 이엽이 시선을 떨어트렸다가 대답했다.

"해보겠습니다. 그리고 가능할 것입니다. 고려를 오간 만큼 많이 알고 있습니다."

"태후마마께서 기대하신다."

"예, 어르신. 실망을 드리지 않을 것입니다."

특별히 이엽에게 기대를 나타냈다.

그런 유인궤에게 이엽이 머릴 숙이면서 자신을 드러냈다.

유황을 구하면서 고려를 오간 사실이 이점이 되는 것을 알렸다.

그렇게 황명을 받들게 됐고 다시 상인들이 하는 이야기를 들었다.

"대신들과 관리들에게도 알려준다고 하셨어."

"조선이 우리 역사라는 것을 학자들에게도 알려 주신다는데?"

"고려 것이 우리 것이 되면 많은 돈을 쥘 수 있을 거야."

참 거짓을 따지기 이전에 자신들이 취할 것들을 기대하고 있었다.

그런 상인들의 모습을 다시 이엽이 살폈다.

상상해본 적 없는 일이 당나라에서 펼쳐지고 있었다.

그 사실을 고려의 평양으로 알렸다.

교역로가 열리면서 훨씬 쉽게 평양으로 첩보가 전해졌다.

첩보를 듣게 된 오성이 연개소문과 양만춘을 만났다.

그리고 상태왕이 된 고보장을 만났으니, 상태왕의 궁궐이 된 별궁에서 비화를 이루게 됐다.

을지현과 호위 군사들이 별궁을 지키면서 사람들의 접근을 막았다.

오성으로부터 당나라에서 일어나는 일을 듣고 연개소문이 입꼬리를 올렸다.

"참으로 기뻐해야 할 일이군요. 이제 우리를 오랑캐라고 부르지 않게 되었으니까 말입니다. 간악할 줄은 알았는데 이 정도일 줄은 몰랐습니다. 아예 우리를 놈들과 같은 무리로 삼아줄 줄은 상상도 못했습니다. 덕분에 우리 땅과 백성들을 취할 명분만 만들었군요."

비꼬면서 말했다.

그리고 말미에 숨소리가 흐트러졌다.

이미 연개소문의 주먹이 쥐어져 있었고, 눈앞에 당 태후나 대신들이 있었다면 그 손을 뻗었을 게 분명했다.

연개소문과 마찬가지로 양만춘 또한 인상을 굳히면서 심기 불편함을 드러냈다.

"자네를 통해서 알게 된 것이지만, 조선은 우리 선조들의 나라일세. 우리 역사며, 고려의 근간이자 정통이기도 하네. 그런데, 우리 뿌리를 이런 식으로 건드릴 줄이야……."

"……."

"너무 화가 나서 어디에다 분을 풀어야 할지 모르겠네."

하얀 수염이 꿈틀거리고 있었다.

차분한 모습을 유지하려는 것이 고통이었다.

그런 두 사람 앞에서 오성도 매우 화가 난 모습을 보이고 있었다.

시선을 아래로 둔 상태에서 인상을 잔뜩 찌푸리고 있었다.

그러다가 눈을 감으면서 한숨을 쉬었다.

"후우……."

한숨을 쉰 후에 평정심을 되찾으려고 노력했다.

그래야 지혜를 부릴 수 있었다.

심기를 가라앉히고 어렵게 입술을 열면서 두 사람과 상태왕에게 말했다.

"동북공정입니다."

오성의 이야기를 듣고 마찬가지로 화가 난 고보장이 물었다.

"동북공정이라고?"

"예. 폐하."

"그것은 하늘나라에서 쓰는 말인가?"

"예."

"지금 그 말을 쓰는 이유가 무엇인가? 어떤 의미로 쓰이는 말인가?"

미래에서 쓰는 말이라는 것을 깨달으면서 고보장이 물었다.

그리고 천군이 미래에서 있었던 일을 알려줬다.

"동북공정 외에 서남공정과 서북공정도 있었습니다."

"다른 공정도 있었다고?"

"어떤 이유를 세워도 통치권의 정통을 세울 수 없는 일이 있으니까 말입니다. 그런 정통을 역사 왜곡을 통해서 강제로 세울 수 있습니다."

"……."

"하늘나라에서 고려는 동북공정의 표적이었습니다. 그리고 목표는 삼한과 일본 지배에 대한 명분이었습니다. 조선이 곧 그들의 역사라 주장하게 될 테니까 말입니다."

"……."

"동서남북으로 모든 공정이 이뤄지면 온 세상이 당나라 혹은 중국의 것으로 여겨지게 될 겁니다."

천군의 증언을 듣고 방에 있던 모든 사람들의 얼굴이 일그러졌다.

심지어 연개소문의 미소조차도 지워졌다.

그야말로 말이 안 되는 억지였다.

하지만 그 억지를 실제로 어떤 무리들이 부렸다.

십 수 억 명에 달하는 무리들이 억지와 왜곡에 동참했었다.

당나라의 왜곡을 깨닫다

부패한 만주족을 몰아내고 한족의 나라를 세운다는 명분을 취했다.

그러한 대의로 거병하여 청 황실에 맞서서 나라를 세웠으니, 그 나라의 이름은 '중화민국'이었다.

하지만 제국주의와 세계대전이라는 천하의 혼란에 휩쓸렸으니.

평안하게 살고자 했던 백성들의 희망이 끝내 무너졌고, 희망이 무너진 자리에 이념이 파고들면서 다시 새로운 나라가 세워졌다.

그 나라의 이름은 '중화인민공화국'이었다.

그리고 '중공'이라 국명으로 줄여서 불렸으니, 나라의 이념은 평등이었고, 평등을 기반으로 한 공산주의를 택했다.

때문에 현실은 어떨지 몰라도 남녀는 평등하다는 논리를 펼쳤다.

권력의 정점에 선 자가 백성을 도구로 삼았고, 자신의 권력을 지키기 위해 수단과 방법을 가리지 않았으며, 수 천만 명을 굶겨 죽였다.

때문에 그가 자신의 실정을 가리기 위해서 외적 때문이라는 모양새를 취했으니.

언제나 전쟁을 준비할 수밖에 없었고, 수단을 가리지 않고 자원과 요충지를 취했어야 했다.

그것을 위해 중화라는 대의를 뒤집어엎어야 했다.

본래 중화의 의미는 한족 외의 민족을 오랑캐로 규정하는 의미였다.

중심을 한족에 두고 한족의 사상을 따르는 이민족을 소중화, 사상조차 따르지 않는 족속을 미천한 족속으로 여기고 적으로 여기는 것이었다.

하지만 그런 사상으로서는 중화와 관련이 없는 민족의 땅과 백성들을 차지할 수 없었다.

중화와 소중화, 오랑캐로 나누던 삼분법을 폐기하고, 한족이 지배하는 나라에 모든 민족이 통치를 받는 것이 마땅한 것으로써 사상을 세웠다.

그 안에서 평등이나 공산주의는 도울 뿐이고, 필요하면 자본주의나 경쟁체제도 들일 수 있었다.

다만 구심점이 되는 최고 권력자와 권력층의 존재를 인정할 뿐이었다.

그렇게 새로운 제국주의와 독재로 거듭나면서 오랑캐라 여기던 민족과 그 땅을 지배해 나갔었다.

한족이 아닌 다른 민족의 역사와 전통을 중화인민공화국의 역사에 포함되는 역사와 전통으로 칭했다.

중화와 관련이 없는 토번의 역사를 자신들의 역사라 칭했고, 언어와 전통, 종교마저 다른 위구르의 역사를 자신들의 역사라고 칭했다.

만주족을 몰아내고 중화를 세우자 했던 대의마저도 저버렸었다.

몰아낸 청나라의 역사와 전통을 도리어 자신들의 것이라고 주장했다.

따라 고구려와 발해도 중화인민공화국의 역사며, 고구려에서 난 백제와 백제에서 난 일본마저도 자신들의 것이라고 주장했다.

대한민국의 근본은 말 할 것도 없었다.

일제 침략으로 압록강을 건넌 유민을 자신들의 인민으로 세뇌시키면서, 도리어 대한민국의 전통을 중국의 것이라고 주장하는 명분으로 삼았다.

특히, 한국의 문화와 예술이 세계적으로 널리 알려지면서 정점에 이르렀을 때, 중공의 권력자들이 위기를 느끼면서 중국의 문화라 예술이라고 주장했었다.

그러한 미래의 이야기를 천군으로부터 들었다.

오성으로부터 이야기를 들은 고보장과 연개소문, 양만춘의 얼굴이 심히 굳어질 수밖에 없었다.

이야기가 끝났을 때 한동안 침묵이 돌기도 했다.

그러다가 고보장이 먼저 입을 떼면서 이야기 했다.

"동기는 다르지만, 지금과 유사하군."

"예. 폐하."

"고려가 표적이다. 우리 역사와 전통을 차지하려고 말이다. 그리고 우리 역사와 전통이 당나라의 것으로써 둔갑이 되면……."

"고려 땅과 백성을 차지하기 위한 명분이 될 것입니다. 하지만 그렇게 되지 않을 것입니다."

"동맹들이 있기 때문인가?"

"동맹이 있기 이전에 국력에 관한 문제입니다. 우리 국력이 당나라보다 떨어지면 세상은 당나라 편에 설 것입니다. 동맹을 포함해서 말입니다. 하지만 우리가 강하면……."

"동맹 말고도 천축을 비롯한 나라들이 우리 편에 서겠지."

"최소한 정의로운 편에 서서 사리분별을 벌일 겁니다. 옳은 쪽에 힘을 실어줄 것이기에 고려가 정의의 편에 서 있는 한 한 편이 되어줄 겁니다. 우리가 강하다면 말입니다. 당나라보다 강하면 세상은 우리 편입니다."

천군의 이야기를 듣고 고보장이 고개를 끄덕였다.

그리고 그를 믿었다.

오성이 있기에 고려가 당나라보다 약해질 것이라고 여기지 않았다.

연개소문도 마찬가지로 생각하면서 물었다.

"그래서 하늘나라에서는 어떻게 했습니까? 우의정이 말한 온갖 패악질을 벌인 자들을 어떻게 상대했습니까?"

오성이 피식 웃으면서 대답했다.

"아무 것도 못했습니다."

"아무 것도 못했다고요?"

"하늘나라에서의 고려도 대단한 나라였지만, 중공은 더욱 강한 나라였습니다. 물론 더 강한 나라가 있고, 그 나라와 고려가 동맹이었지만 말입니다. 때문에 직접적으로 제제를 가해서 바꾸지를 못했습니다. 하지만 당나라는 명백하게 약합니다."

"제제를 가할 수 있군요."

"그럴 수도 있고 전쟁을 치를 수도 있습니다. 하지만 피는 적게 흘리는 것이 낫기에 보통의 절차대로 대응하는 것

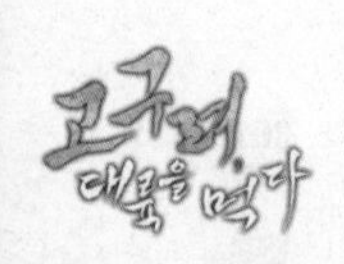

이 나을 것 같습니다."
"보통의 절차라면 사신을 보내는 것부터 말이지요?"
"예. 어르신. 일단 사신을 보내서 시정을 요구해야 됩니다. 그리고 불응하면 대가를 치르게 해야 합니다. 고려의 뿌리를 지우는 만행이기에 전쟁에 준하는 일입니다. 그리고 당나라 백성들이 황실의 의도대로 생각하게 되면 전쟁을 피할 수 없습니다. 생존을 위해서 당나라를 멸망 시켜야 됩니다."
의지를 담아서 이야기 했다.
"적이 수단을 가리지 않는다면 우리 또한 수단을 가리지 않을 겁니다. 물론 백성과 동맹을 위할 것이지만 말입니다. 최고의 고통을 적에게 가할 겁니다."
오성의 대답을 듣고 연개소문이 고개를 끄덕였다.
그리고 입꼬리를 올렸다.
천군의 의지를 들은 후에 양만춘이 물었다.
"허면 사신으로 누굴 보낼 것인가? 우리의 분노와 앞으로 있을 조치에 대한 경고를 확실히 전해야 되네. 그 뜻을 온전히 전하려면 마땅히 당 조정이 두려워할 수 있는 사신을 보내야 하네. 그러니……."
오성이 대답하려고 했다.
"제가……."
오성의 대답을 끊으면서 연개소문이 말했다.

"내가 가지요."

"예?"

"당나라가 두려워할 수 있는 사신이니까 말입니다. 그리고 우의정을 통해 지금 어떤 일이 벌어지고 있는지도 알고 있습니다. 천군이 알린 바를 잘 알고 있으니, 확실하게 경고를 전하겠습니다."

연개소문이 자원하자 오성과 양만춘이 쉽게 찬성하지 못했다.

그는 최고 대신이었다.

당나라와 전쟁이 벌어지면 전군을 이끌 수 있는 최고의 장수였다.

문무를 겸비하고 있었고 오성에게는 든든한 후원자였다.

그리고 상태왕에게는 오랜 친우이자 전우였다.

걱정을 드러내면서 고보장이 말했다.

"분명히 영의정이라면 당나라가 두려워할 것이다. 그래서 실수할 수도 있다고 생각한다. 만약 영의정을 연금하거나 해하려 한다면 어찌되는 것인가?"

고보장의 물음에 연개소문이 미소를 보이면서 대답했다.

"절 연금하려거든 1만 이상의 군사를 죽여야 할 것입니다. 그리고 절 해한다면 그날부로 당나라는 명운을 걸어야

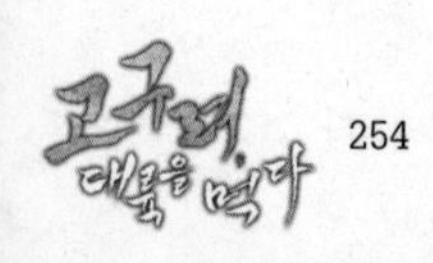

됩니다. 준비가 되어 있지 않은 상태에서 온갖 화기로 무장한 아군을 상대해야 되니까 말입니다."

"……."

"진랍의 보복과 욕심 많은 토번까지 동시에 상대해야 됩니다. 따라서 제가 사신으로 가더라도 어쩌지 못합니다. 오히려 천군이 당나라로 향했다가 연금되는 것이 최악입니다."

나름의 이유를 들면서 연개소문이 대답했다.

그 말을 듣고 고보장이 곰곰이 생각하다가 눈을 감았다.

오성과 양만춘에게 차례대로 의견을 물었다.

"어찌 생각하는가?"

오성이 양만춘과 눈빛을 주고받았다.

그리고 대답했다.

"심적으로는 제가 가고 싶지만, 영의정 어르신의 말씀이 매우 옳습니다."

양만춘도 따라 대답했다.

"영의정 어르신의 말씀이 최선입니다."

대답을 듣고 고보장이 고개를 끄덕였다.

그리고 자신이 결정할 수 없는 일임을 알렸다.

"짐은 상태왕이다. 태왕의 아비이지만, 짐에게 주어진 권한은 아무 것도 없다. 그러니 당나라가 무엇을 꾸미는지 태왕에게 보고하라. 그리고 명을 받아서 행하라. 짐은 그저 이 나라의 안위와 번영만 바랄 뿐이다. 짐이 해서는 안 될 일을 하지 않고, 태왕을 도울 것이다."

고보장의 말에 세 사람이 동시에 머릴 숙였다.

"폐하의 말씀하심에 경의를 표합니다."

"저희들이 최선을 다하여 상태왕 폐하의 바람을 반드시 이루겠습니다."

오성과 연개소문이 차례대로 말했다.

그리고 일어나서 한 번 더 머릴 숙였으니, 고보장에게 인사를 한 후 별전에서 물러났다.

상태왕의 궁전에서 나서는 세 사람을 고보장이 흐뭇한 시선으로써 바라봤다.

그렇게 당나라가 벌이는 일에 맞서자고 했다.

태왕인 해정에게 보고를 전하고, 항의와 시정 요구를 위한 사신으로 연개소문이 향하기로 했다.

안학궁 정전에서 떠날 준비를 마치고 연개소문이 인사했다.

그 앞으로 해정이 옥좌에서 내려오면서 당부를 전했다.

"태왕명입니다. 부디, 무사히 돌아오십시오."

"예. 태왕 폐하."

"영의정이 돌아올 때까지 기다리겠습니다."

"예."

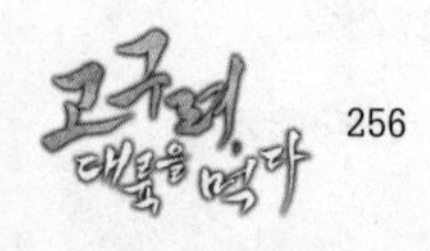

무릎을 꿇으면서 해정에게 머릴 숙이며 인사했다.

그리고 일어나서 미소를 보였다.

뒷걸음으로 대전 중앙에서 물러섰고, 이내 위풍당당한 발걸음을 하면서 수행원들을 이끌었다.

외교부사인 김인문이 연개소문을 수행했다.

적지의 중심으로 향하는 두 사람을 해정과 모든 대신들이 바라봤다.

걱정을 드러내는 해정에게 오성이 안심하라면서 이야기했다.

"별 일 없을 겁니다. 무엇보다 영의정 어르신이니까 말입니다. 영의정 어르신을 건드리는 순간, 당나라는 지도에서 사라질 겁니다."

천군의 이야기를 듣고 해정이 고개를 끄덕였다.

그리고 고려의 역사와 전통을 지우는 당나라의 만행에 함께 분노했다.

만약을 상정하면서 해정이 오성과 양만춘에게 명을 내렸다.

"군을 준비시켜 주십시오. 당나라가 엉뚱한 짓을 벌이면 즉시 응징을 벌일 겁니다. 적이 허튼 생각을 하지 못하도록 막아주십시오."

"예. 폐하."

태왕명을 받들면서 전령을 띄웠다.

그리고 10만 명이 넘는 대군이 움직이기 시작했다.

전군에 무장한 상태로 대기하라는 명령이 떨어졌다.

사신이 된 연개소문이 삼화에 이르렀고, 화포가 내려진 판옥선에 승선하게 됐다.

해전이 벌어진다면 불리할 수 없었다.

하지만 군의 화기가 적에 흘러들어가는 것은 더욱 최악이었다.

그러한 방지를 모두 이루면서 서해를 지나 황하에 이르렀다.

황하를 거슬러 올랐고, 위수로 접어들면서 장안에 이르렀다.

미리 사신이 도착할 것이라는 예고를 당나라에 전했었고, 사신을 받아주겠다는 답변을 받았었다.

당 조정에서 보낸 관리와 금군의 압송이 아닌 호송을 받았다.

태극궁 앞에 연개소문이 이르렀고, 그를 안내해준 당의 최고 대신이 조심스럽게 말했다.

"이제부터는 황궁이오. 금군을 제외하고 무기를 소지할 수 없으니 입궁을 위해서 무기를 맡겨 주시오."

"……."

"이 나라의 법도요. 꼭 고려 사신을 상대로만 차별하는 것은 아니요. 다른 나라 사신이나 대당국의 장수들도 마찬

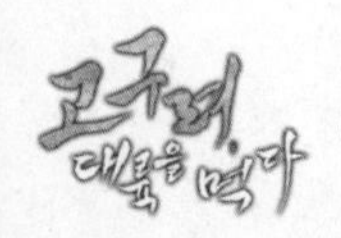

가지요."

유인궤가 연개소문에게 말했다.

전장에서 만난 적이 없고, 처음으로 장안에서 얼굴을 마주한 상태였다.

그의 이야기를 통역을 통해서 듣고 연개소문이 입꼬리를 올렸다.

"당나라 법도를 존중하지요. 하지만 황제의 명이 있으면 무기를 소지한 상태로도 들어갈 수 있는 것으로써 압니다. 그러니 윤허를 받아내세요."

연개소문이 유인궤에게 요구를 전했다.

통역으로 그의 요구가 전해지자 차분한 모습을 보이던 유인궤의 인상이 조금 굳어졌다.

함께 이야기를 들었던 금군의 장수가 언성을 높였다.

"여기가 어디라고 미친한 오랑캐 따위가……."

검을 뽑으려고 했다.

그리고 장수에게 연개소문이 힐끗 쳐다봤다.

"……?!"

검을 뽑으려던 장수의 몸이 그대로 경직 됐다.

'거…검이……!'

몸이 굳어서 검을 뽑을 수 없었다.

그를 노려보면서 연개소문이 허리에 찬 두 개의 검을 보여주면서 말했다.

"검을 뽑는 순간, 협상은 결렬입니다. 왜냐하면 이 자리에 서 있는 모든 사람들이 죽을 테니까 말입니다. 그러니 사태를 악화 시키지 말고 잠자코 있으세요."

"……!"

"어차피 내가 이곳에 있기에 작정하면 황궁의 모든 군사들을 죽일 수 있습니다. 그것이 무엇을 뜻하는지 알 겁니다. 그렇게 하지 않은 나와 고려를 신뢰해야 할 겁니다."

한 순간에 피바다가 된 황궁의 풍경을 상상했다.

목에 칼날이 날아드는 듯한 소름을 느꼈고 홀로 만 명의 군사를 상대할 수 있는 무력을 가진 자가 곁에 있음을 깨달았다.

모든 것을 얼리는 그의 살기에 뼈까지 저릴 지경이었다.

한 번 더 연개소문이 요구를 전했다.

"날 믿지 않으면 고려로 돌아가겠습니다. 이야기를 나눠봐야 의미가 없을 테니까 말이지요. 그러니 요구를 전하든지 말든지 선택하세요."

어렵게 유인궤가 연개소문의 요청을 받아들였다.

"…잠시 기다리시오. 태후마마께 여쭙고 다시 오겠소. 그때까지 기다리시오."

황궁으로 사람을 보냈다.

그리고 이내 답변을 듣게 됐다.

"무기를 소지해도 된다고 하셨소. 말에서 내린 뒤 천천

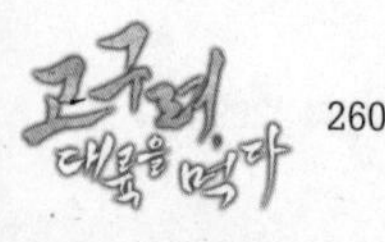

히 걸으시오."

애마인 철풍으로부터 연개소문이 내렸다.

천지검을 찬 상태에서 천천히 태극궁의 궁문을 지나게 됐다.

미소를 한껏 띠고 황궁의 돌바닥을 당당히 밟았다.

대고려 영의정의 진격을 누구도 막지 못했다.

그가 정후전에 이르렀고, 황제를 대신하는 태후를 만났다.

연개소문이 하늘을 알리다

'쿵!' 하는 소리가 바닥 중앙에서 일어났다.

발걸음이 내디뎌질 때마다 주위 공기가 얼어붙는 듯했다.

정후전 양편에 선 대신들의 손발이 떨렸다.

아직 이립이 되지 못한 젊은 대신인 무삼사는 대전 중앙에 선 자를 보면서 공포를 보게 됐다.

태후를 지키는 곽대봉 마저도 손이 떨리는 것을 느끼며 바라보고 있었다.

그들의 중심에 진하게 미소를 띠운 이가 있었다.

귀걸이를 하고 왜소한 체격으로 사내처럼 보이지 않는

자였지만, 그의 몸 안에서는 상상할 수 없는 기운과 살기가 동시에 뿜어져 나오고 있었다.

그를 보면서 대신들의 온 심장이 떨리고 있었다.

'이 자가 고려의 대막리지로 불렸던 연개소문인가……?!'

'분명 환갑을 몇 해 남기지 않았다! 헌데 어찌 이런 기운을 내뿜는단 말인가?!'

'이런 자의 무기를 빼앗지 않고 입전하게 하시다니, 태후마마께서 실수하셨다!'

'아니, 오는 것을 막았어야 했다!'

'우릴 모두 죽이려 한다면 능히 그럴 수 있다……!'

화기를 든 총병들이 있었다.

하지만 소용이 없을 것 같았다.

총병들이 총으로 연개소문을 노려도 그의 검이 훨씬 빠를 것 같았다.

황궁 앞에 섰던 그 순간부터 황실의 운명을 그에게 넘겨준 것과 같았다.

하지만 검을 뽑지 않았고 협상과 대화에 집중하려고 했다.

그런 연개소문의 의지를 무조가 알아봤다.

그가 검으로 휘몰아칠 수 있음에도 하지 않는다는 것을 알았다.

직접 장안에 찾아온 이유에 대해서 생각했다.

'연개소문이 직접 찾아왔다. 그것도 검을 차고서 말이다. 분명히 뭔가를 논의하기 위해서 왔다고 하지만 수틀리면 그대로 고려로 돌아갈 것이다. 그러니 사실상 통보며 경고를 전하려 함이다. 과연 무엇을 경고하기 위함인가?'

굳은 표정으로 잠시 곰곰이 생각했다.

그러다가 연개소문이 찾아온 이유에 대해서 짐작했다.

'설마, 고려 것이 이 나라 것이라고 말한 것 때문에 온 것은 아니겠지… 그저 나라 안에서 주장한 것인데, 그것 때문에…….'

떠오르는 이유가 달리 없었다.

설마 그것일까 했다.

하지만 그것 외에 떠오르는 이유가 없었다.

훨씬 전부터 천하가 당나라 것이라고 주장한 것이 있었다.

또한 수나라가 주장했던 적도 있었다.

그런 주장에 오랑캐라 여겨졌던 나라와 족속이 일일이 항의했던 적이 없었다.

만약 항의한다면 처음 있는 일이었다.

그리고 고려의 국력을 판단했을 때 평범한 항의는 아닐 것이라고 생각했다.

반드시 강압적인 모습을 보일 것이라고 판단했다.

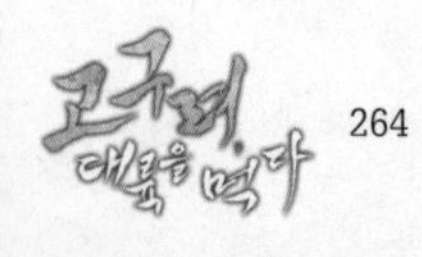

그러한 예상으로 긴장을 가졌고, 그 긴장감을 드러내지 않으려고 애썼다.

미소로 여유를 드러내면서 지우려 했다.

차분한 어조로 무조가 연개소문을 띄웠다.

"영광이로군. 황군을 몇 번이나 물리쳤던 최고의 무장이 몸소 찾아왔으니까 말이다."

"……."

"이곳에 고려의 대막리지가 서 있을 줄은 몰랐다. 무엇을 논의하기 위해서 찾아왔나. 황제를 대신하는 나에게 고려왕의 전언을 전하라."

고려의 군주를 대리하는 자에게 하대하면서 말했다.

그에 대한 하대는 곧 고려 군주에 대한 하대였다.

신경을 긁기 위해서 말하는 것이 아닌, 그것이 당연하다고 생각하면서 말했다.

그리고 연개소문이 신경 쓰지 않았다.

태후의 이야기를 통역으로 전해 듣고 입꼬리를 끌어당겼다.

"대막리지는 옛날에 임했던 직책이지요. 지금은 영의정입니다. 그리고 논의라기보다는 요구를 전하기 위해서 왔습니다."

"요구라고?"

"적국이라도 마땅히 지켜야 할 도리가 있지요. 그것을

지키지 않아서 혹시나 모를까 싶어서 왔습니다. 알려주기 위해서 말이지요. 경고도 함께 알리려고 왔습니다."

비꼬듯이 이야기 했다.

마치 대당국이 도리조차 모르는 나라라는 식으로 말하는 듯했다.

그 말을 듣고 무조의 인상이 굳어졌다.

정후전에 있던 대신들이 연개소문의 말을 듣고 분기를 느꼈다.

그에 대한 두려움과 분노가 비등해졌다.

대신들의 분위기를 살피면서 무조가 심기 불편한 목소리로 물었다.

"적국으로서의 도리라는 것이 뭔가? 설마하니, 조선이 고려의 역사다 뭐다 이딴 말을 하기 위해서 온 것은 아니겠지? 그런 말을 고려가 할 자격은 없을 텐데 말이다."

이미 연개소문이 찾아온 이유에 대해서 알고 있었다.

그 말을 들은 연개소문의 미소가 더욱 짙어졌다.

이내 무조의 말에 반해서 이야기 했다.

"한 족속의 나라가 그딴 주장을 해도 개소리인데, 선비족속이 망발을 지껄이니 참으로 우스운 일입니다."

"뭐라고……?"

"조선을 멸망시켰던 나라는 한나라입니다. 황하와 회하 족속의 나라가 조선을 멸망시켰는데 요서에서 난 선비가

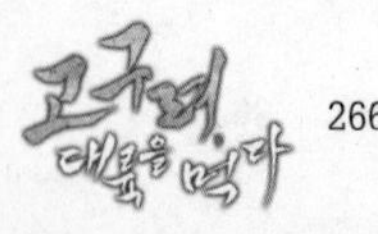

무슨 상관입니까?"

"뭐…뭐……?"

"오히려 우리와 같은 조선의 후예지요. 그런데 한 족속이 선조들을 죽였습니다. 이미 고려를 통해 조선이 건재하고 많은 세월이 지나서 지금의 회화 족속에게 책임을 묻긴 힘들지만, 그래도 사실은 사실이지 않겠습니까? 한 황실을 두고 당 황실의 역사라 주장한다면, 부모를 죽인 원수에게 부모라 부르는 개새끼 짓이지요."

"뭐?!"

"당 황실은 선비의 황실입니다. 따라서 황하와 회하, 장강의 백성들을 다스릴 어떤 정통도 명분이 없습니다."

"……?!"

"부모가 누군지 모르는 나라가 감히 역사를 운운합니까? 비록 국호는 다르지만 우리의 선조는 조선입니다. 태왕실과 나와, 백성들까지 말입니다. 선조들의 전통과 정신을 이어 받았지요. 반면에 당 황실은 어떻습니까?"

"……."

"전통과 정신을 잃고 회하 족속에게 모든 것을 잃었습니다. 그러니 그딴 망발이나 지껄이는 것이지요. 선비에게 이 땅과 백성은 참으로 과분합니다."

황실의 정통성을 비웃으면서 연개소문이 말했다.

그 말에 눈을 키운 무조가 부들부들 떨었다.

함께 이야기를 듣던 대신들이 멍하니 있다가 소리쳤다.

"지금 대체 무슨 말을……!"

"이 나라가 어떻게 세워졌는지 알고 그딴 망언을 일삼는가?!"

"네 이놈, 연개소문! 이 자리에서 죽고 싶은가!"

곽대봉이 검을 뽑으려고 했다.

그때 연개소문이 그를 노려보면서 눈빛을 번뜩였다.

"큭?!"

"세 번 말하지 않습니다. 그 검을 뽑으면 이곳이 피바다가 될 겁니다. 그리고 혹시나 해서 이야기하지만 이미 우리는 100만 대군을 준비했습니다."

"뭐…뭐라고……?"

"설마하니 아무 것도 하지 않고 이곳에 왔겠습니까?"

"……?!"

"나 하나 죽는다고 끝은 아니지요. 고려에 어떤 인재들이 있는지는 그쪽이 더욱 잘 알 겁니다. 그러니 물러나서 찌그러져 있으세요."

분노하는 곽대봉을 우습게 여기면서 연개소문이 말했다.

그의 경고에 검 자루를 잡았던 곽대봉이 더 이상 검을 뽑지 못했다.

'100만 대군이라고……?!'

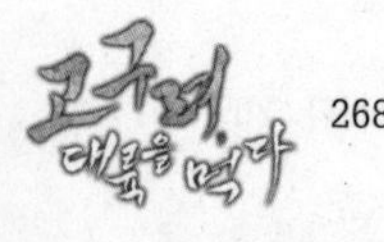

허풍이 아닐 것 같았다.

이미 고려는 드넓은 영토와 백성을 차지한 상태였다.

그리고 수군은 큰 배로만 1000척에 육박하는 전력을 갖춘 상태였다.

강력한 화기로 무장한 군사들의 수가 얼마나 될지 짐작할 수 없었다.

오랫동안 준비했기에 최소한 10만 명 이상이 화기로 무장해 있을 수도 있었다.

그런 군사를 보유한 나라가 온 힘을 다해서 쳐들어온다면 막을 수 있을까 했다.

때문에 고려에서 사신이 왔을 때 거의 모든 요구를 들어줄 수밖에 없었다.

검을 차고 황궁으로 들어오는 것도 용납해야 했다.

그저 당장의 전쟁이 일어나지 않기를 바랄 뿐이었다.

그러면서 연개소문이 말한 논리에 반박해야 했다.

입을 다문 채로 지켜보고 있던 사도가 처음으로 입을 열었다.

"황실이 백성을 다스릴 수 있는 자격이 무엇이라고 보오?"

"……."

"고려의 논리를 빌리자면 백성들의 선택이지 않겠소? 백성들이 군주의 권력을 용인한다면 그것이 곧 자격이자 정통이지 않겠소. 그렇지 않소?"

유인궤의 물음에 연개소문이 돌아보면서 말했다.

"그렇지요. 상세한 것은 다르지만 유사하다고는 해두지요."

"그러면 과연 우리 황실에게 정통이 없는 것이겠소? 비록 백성과 황실의 뿌리가 다르더라도, 백성이 받아들이겠다면 응당 자격과 정통성이 주어지는 것이지 않겠소? 대당국이 과연 백성들의 뜻 없이 지어진 나라인 줄 아시오?"

절제된 호통이었다.

마치 엄히 가르치듯이 연개소문에게 말했고, 유인궤의 이야기에 주위 대신들이 통쾌함을 느꼈다.

'그렇지!'

'어디서, 감히!'

주먹을 불끈 쥐면서 속 시원함을 느꼈다.

그런 대신들이 연개소문과 그 뒤에 선 자들을 보았고, 그중에 안면이 있는 자가 있음을 알게 됐다.

'배은망덕한 놈!'

'신라왕실을 누가 지켜줬는데, 고려의 개 따위가 돼?'

'무슨 면목으로 중원에 온 것이냐?! 김인문!'

신라 왕자이지만 황제로부터 관직을 받았었던 자였다.

그런 자가 고려의 관복을 입고 적국의 대신이 되어 모습을 드러냈다.

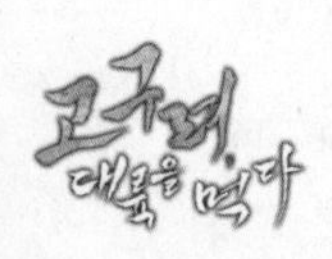

인문을 당나라 대신들은 배신자로 생각했고 따가운 시선을 보냈다.

그들의 시선 앞에서도 인문은 평정심을 유지했다.

무엇을 위해서 고려의 대신이 되었는지는 명백했다.

오직 백성을 위해서였다.

그러한 정신이 고려 조정에 온전히 실려 있었다.

인문과 수행 관리들이 연개소문을 보고 있었다.

'영의정 어르신…….'

그의 답변을 기다렸다.

그리고 인문과 관리들의 기대를 받으면서 연개소문이 대답을 준비했다.

오성과 뜻을 같이 했고, 천군이 했을 답변을 떠올렸다.

입꼬리가 귀걸이에 걸릴 만큼 당겨졌다.

연개소문의 반응과 표정을 보면서 당나라 대신들이 불안을 느꼈다.

'대체…….'

'왜 웃는 거야?'

'기분 나쁘게…….'

그의 시선이 유인궤에게 향했다.

그리고 다시 태후에게 향했다.

시선이 마주쳤을 때 무조가 불길함을 느꼈다.

'설마…….'

한껏 미소를 띠고선 그녀에게 연개소문이 물었다.

"허면, 백성의 뜻이 거둬지면 어떻게 되는 것입니까?"

"뭐라고……?"

"백성이 황실을 거부할 때 말입니다. 이 땅을 통치할 자격이 없는 선비의 황실이 오직 백성들의 뜻으로써 존재한다면, 백성이 거부할 땐 어떻게 되는 겁니까?"

"……?!"

"그땐 통치권을 내놓고 요서로 돌아가겠습니까?"

"무…무어라……?"

"황제가 하늘의 자식이니 어쩌니 하는 개소리는 집어치우기 바랍니다. 세상의 어떤 군주도 하늘이 정해준 적은 없으니까 말입니다."

"……."

"백성만이 유일한 하늘입니다. 그러니 다시 묻습니다. 백성이 원하면 과연 통치권을 내놓겠습니까? 부디, 답변해보기 바랍니다."

얼굴에 떠오른 미소가 회심의 미소였다.

그리고 그 미소는 무조와 당 황실 대신들에게 매우 기분 나쁜 미소였다.

앞으로 불길한 일이 일어날 것을 알리는 미소였다.

하지만 그 일이 어떤 일인지 알 수 없었다.

긍정도 부정도 할 수 없었다.

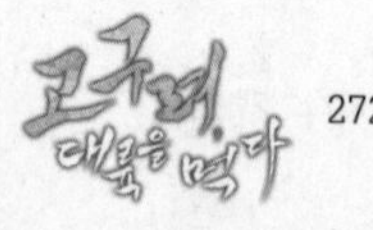

모든 답변이 오답이었고 오직 침묵만을 지킬 뿐이었다.

덧없는 시간만 흘려보낼 뿐이었다.

깊을 줄 알았던 황실의 뿌리가 너무나도 얕았다.

무조가 배수진을 치다

대막리지라 불렸었던 위인이 다시 물었다.

"백성의 뜻이 거둬지면 그땐 어떻게 하겠습니까?"

"……."

"대답해 보시지요. 근거 없는 정통성을 내세우지 말고 말입니다. 백성의 뜻으로 세워졌으니 백성의 뜻으로 통치권이 거둬지면 그땐 어떻게 하시겠습니까?"

입 꼬리를 잔뜩 올리면서 연개소문이 물었다.

그의 물음에 대신들이 당황했다.

유인궤의 인상이 굳었고 미소가 지워진 무조의 눈썹이 꿈틀거렸다.

"백성이 뜻을 거두면… 뭐가 어째……."

기막힌 시선으로 연개소문을 봤다.

그리고 연개소문이 기세등등한 모습을 보였다.

백성이 아닌 군주에게 충성을 바치는 자가 미소를 짓고 있었다.

그 미소가 가증스럽게 보였다.

유인궤가 태후 대신 연개소문에게 물으려고 했다.

입술을 뗀 순간 무거운 심기를 드러내면서 무조가 직접 물었다.

"허면, 고려왕은 어떠한가? 내가 알기로 고려왕도 백성을 끔찍이 여기는데, 백성들의 뜻이라면 전부 따르는가? 백성이 군주의 자리를 원한다면 고려왕은 왕위를 내놓을 것인가?"

대답하지 않고 오히려 역공을 가하듯이 물었다.

자신이 대답하지 못했듯이 일국의 신하인 연개소문도 반드시 대답할 수 없을 것이라고 생각했다.

그렇게 생각했던 연개소문이 의미심장한 미소를 지었다.

'설마, 그럴 리가…….'

무조의 인상이 찌푸려졌다.

그녀의 불안이 현실이 됐다.

당겨진 입꼬리 안에서 상상하지 못한 대답이 흘러나왔다.

"백성들이 원하면 태왕위를 내놓으실 것입니다. 지금의 태왕 폐하시라면 말이지요?"

"뭐…뭐라고……?!"

"그리고 태왕 폐하십니다. 호칭을 제대로 하시지요. 아국은 대고려국, 아국의 군주는 태왕 폐하십니다. 고려왕이라는 사람은 없지만 대충 알아 들었습니다."

"……!"

연개소문의 대답을 듣고 귀를 의심했다.

'백성이 원하면 태왕위를 내놓으신다고……?'

가장 놀란 사람은 김인문이었다.

태왕실에 충성하기로 했던 그와 수행 관리들의 어안이 벙벙해졌다.

태왕에게 충성을 바치는 연개소문이 한 말이 맞는지 믿기 힘들었고, 그 반응은 무조와 당나라 대신들도 마찬가지였다.

어처구니없어 하는 표정으로 보고 있음을 알게 됐다.

다시 무조가 연개소문에게 물었다.

"와…왕위를 내놓는다고?"

"태왕위입니다."

"말이라고 막 하는군! 군주의 자리를 어찌 백성들에게……!"

"하지만 지금은 그럴 일이 없을 겁니다."

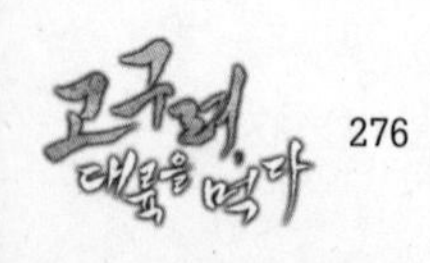

"무…무어라……?"

"백성들이 폐하께서 태왕위에 계신 것을 바라고 있으니까 말입니다. 백성들이 원하는 동안은 지금의 폐하이시든지, 앞으로 태왕위에 오르게 될 태왕자 전하, 혹은 다음의 태왕자 태왕녀 전하들도 태왕위에 오르실 겁니다. 하지만 백성이 원한다면 군주위를 내놓아야겠지요."

"말이 되는 이야기를……!"

"말이 됩니다."

"허튼 소리를 하는군! 그러면 고려를 대체 누가 다스린단 말인가?"

궤변이라 여기면서 무조가 소리쳤다.

그녀의 물음에 연개소문이 다시 미소를 보이면서 이야기했다.

천군만이 볼 수 있었던 세계를 그 또한 볼 수 있었다.

"백성들이 선택한 통치자가 정사를 논하겠지요."

"뭐라고……?"

"백성들이 백성들을 위해서 일하는 통치자를 선택할 겁니다. 다수결을 통해서든, 적절한 절차와 원칙을 정해서 말입니다. 그러면 누구보다 나라와 백성을 위하는 통치자가 뽑히지 않겠습니까? 통치자가 되기 위한 위정자들끼리도 경쟁을 벌일 테니, 그중 우수한 자가 선택 받을 겁니다."

미래 대한민국의 정치 제도를 기억하면서 연개소문이 알렸다.

하늘나라의 정치 방식이었고, 그것을 들은 무조가 다시 기막혀 하면서 반박했다.

“백성들이 나라와 백성을 위한 통치자를 뽑는다고? 통치자가 되려는 위정자들이 경쟁을 벌인다? 한낱 권세와 명예를 얻기 위해서 온갖 거짓말을 벌일 텐데, 무식한 백성들이 속지 않고 유능한 통치자를 뽑을 것이라고 생각하는가?! 어디서 감히 그딴 궤변을……!”

그녀의 반박에 연개소문이 비웃었다.

“그러니까, 백성들을 가르쳐야지요.”

“무…무어라……?”

“감언이설을 뿌리는 자들과 근거 없이 협잡을 벌이는 자들을 구분 지을 수 있도록 지식과 지혜를 가르쳐야지요. 훈육과 교육의 의미가 바로 거기에 있습니다.”

“…….”

“헌데, 백성들이 가르침을 받아도 변하지 않는다고 주장한다면, 백성들이 유능해지는 것을 두려워하는 것은 아니겠지요?”

“백성들이… 유능해지는 것을 두려워한다고……?”

“권력을 붙잡기 위해 온갖 죄를 지었는데, 그 죄가 들킬까봐서 두려운 것이 아니겠습니까? 유능해진 백성들이 진

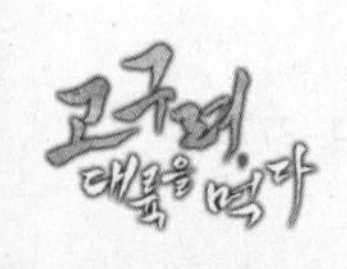

멸을 가할 테니까 말입니다.”

“……?!”

“죄인은 백성을 두려워하고, 성군은 백성을 신뢰합니다. 그러하기에 성군은 손에서 권력을 놓아야 할 때를 알지요. 백성을 믿으니까 말이지요. 반면에 죄인은 어떻게든 권력을 쥐려고 안간힘을 쓰면서 살생을 멈추지 않을 겁니다.”

“…….”

“그래서 권력을 잃는 순간, 남는 것은 파멸밖에 없습니다.”

미소가 만연했다.

그 미소에 비웃음과 자신감과 여유로움이 함께 상존하고 있었다.

연개소문에게 맞서는 모든 대신과 무조가 얼어붙었고, 특히 무조가 연개소문의 이야기를 들으면서 더 이상 말하지 못했다.

‘이 자가, 설마…….’

침묵해야 했다.

그의 입에서 어떤 말이 나올지 몰랐다.

손과 발이 떨리면서 두려움을 느꼈고, 어서 눈앞에서 사라져주기를 원했다.

그리고 인문이 연개소문을 통해서 상태왕과 태왕의 진의를 깨닫게 됐다.

'폐하께서 그런 생각을… 아니, 설마, 우의정 어르신인가…….'

처음에 상태왕과 태왕의 생각이라고 생각했다.

하지만 이내 천군의 생각일지도 모른다고 생각했다.

그가 고려를 인도하고 있었다.

그를 상태왕에 이어 태왕이 품으려 백성들을 이끌고 있었다.

여태 상상하지 못했었던 세상이 미래에 펼쳐져 있음을 깨닫게 됐다.

그때가 100년 뒤일지 1000년 뒤일지 알 수 없었다.

하지만 어떤 나라보다 백성을 위할 것이라고 생각했다.

그런 나라의 백성이었고 태왕에게 충성을 바치고 있었다.

가슴이 뜨거워졌다.

그리고 무조와 당나라 대신들은 섬뜩함을 느꼈다.

그들을 보면서 연개소문이 이야기 했다.

"통보하지요. 조선의 후예는 고려만이 유일합니다. 당 황실은 선조를 토벌한 한나라의 후예를 자처했으니, 그 모양새가 어찌 되는지는 잘 알 겁니다. 부모의 원수에게 자식으로 삼아달라고 한 것과 같으니까 말입니다. 그러니 조선이 곧 당나라의 역사라는 망발을 거두세요. 조선을 승계해서 역사로 두는 나라는 대고려국만이 유일합니다. 그 사

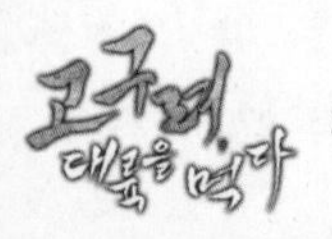

실을 백성들에게 다시 가르쳐주기 바랍니다."

"거부한다면?"

"우리 역사와 정신을 말살하겠다는 것으로써 간주하겠습니다. 그러니 당 황실뿐만이 아니라 돕는 자들까지 궤멸시킬 겁니다."

"……."

"이 자리에 서 있는 대신들까지 말이지요. 그리고 장마당에서 마음대로 우리 것을 베끼고 이름까지 파는데, 빠른 시일 내에 시정하지 않으면 막대한 대가를 치르게 될 겁니다. 알아서 단속하고 통제하세요. 늦어도 한 달 안으로는 사신을 통해서 응답해주기 바랍니다. 만약에 부답하거나 거부하면 매서운 조치가 있을 겁니다."

"……."

"돌아가겠습니다. 부디 좋은 대답을 들려주기 바랍니다."

무조와 대신들을 비웃었다.

뒷짐을 지면서 돌아섰고, 거만한 모습을 보이면서 발걸음을 옮겼다.

그런 연개소문의 행동을 누구도 막을 수 없었다.

"저…저 놈이 감히……!"

"필부 자식……!"

그저 바라볼 뿐 어떻게 할 수 없었다.

욕을 뱉고 있었지만, 위협을 가한 연개소문을 상대로 실질적인 행동에 나서지 못했다.

당나라 대신들의 모습을 인문이 봤고 정후전에서 나온 연개소문을 보면서 감탄을 일으켰다.

"대단하십니다. 영의정 어르신."

그의 찬사에 연개소문이 이야기 했다.

"내가 대단한 것은 아니지요. 오직 고려를 강하게 만든 천군과 천군을 품으신 상태왕 폐하와 백성을 하나로 합치신 태왕 폐하 덕분입니다. 나는 그저 우리나라의 위세를 빌렸을 뿐입니다."

자신의 유능함을 세 사람에게 돌렸다.

그리고 말하지 않았지만 백성을 위해서 정사를 논하고 전장에서 싸우는 사람들의 공이라는 것을 눈빛으로 알려줬다.

그의 마음과 당당한 발걸음을 보면서 앞으로 당나라를 상대로 싸워 이길 것이라고 인문이 믿었다.

수행 관리들과 함께 황궁에서 나섰다.

고려 사신들이 황궁에서 떠나자, 그제야 무조가 이를 물면서 분통을 일으켰다.

"큭……!"

대신들이 분개하면서 태후에게 명을 요청했다.

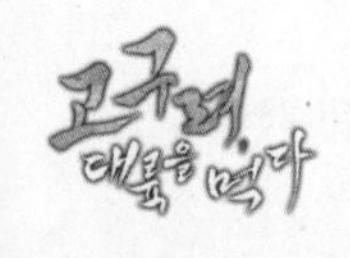

"연개소문을 죽입시다! 아무리 연개소문이라도 화기를 동원한 군사들을 이길 순 없습니다!"

"이런 치욕을 견딜 수 없습니다!"

"오랑캐 놈이 감히 황도에 와서 망발을……!"

곽대봉이 나서면서 태후에게 머릴 숙였다.

"태후마마……!"

처단하라는 황명을 요구했다.

그런 대신들 앞에서 무조가 주먹을 쥔 채 손을 떨었다.

그들보다 더한 분노를 느끼고 있었지만 함부로 그 분노를 뿜어낼 수 없었다.

악을 쓰면서 분노를 잠재웠다.

아니, 이성으로 덮었다.

호흡을 고른 뒤 힘겹게 대신들에게 말했다.

"…적이 100만 대군을 준비했소."

"하오나, 이런 굴욕을 당해서는 중원인으로서의 자존심이……!"

"나 또한 놈의 가슴에 총탄이 박히기를 바라오! 하지만 놈이 갑자기 찾아온 만큼 황군의 준비와 정비가 덜 되어 있소. 적어도 임유관에서 적을 막을 수 있을 정도가 되어야 하지 않겠소? 그러니 잠자코 있으시오!"

"크……!"

"교역로가 열려 있는 만큼 놈들이 우리가 하는 것을 빠르게 파악하고 있소."

연전연패였다. 요동에서 수십 만 대군을 잃었고, 황성이 공격 받는 일을 경험하기도 했었다.

그리고 남만에서도 10만 명이 넘는 대군을 잃었다.

군이 온전하지 못했고, 전력을 보전한 고려군의 기세가 등등했다.

아니, 훨씬 강해졌다.

고려군이 가진 전력의 절반을 쫓아갈 수 있을까 했다.

공격을 벌이진 못하더라도 수비에서만큼은 막을 수 있어야 했다. 방비가 온전하지 못한 상황이었기에 대신들이 입술을 깨물면서 침묵할 수밖에 없었다.

정녕 고려의 요구대로 해야 하는지, 가슴이 찢어질 지경이었다. 그런 대신들을 대신해서 유인궤가 물었다.

"고려의 요구대로 하실 것입니까?"

그의 물음에 무조의 눈가가 꿈틀거렸다.

"고려의 요구를 따르는 것은 이 나라의 미래를 단절 시키는 것이오. 백성들이 고려에 목을 매고 백성들에게 조정과 황실이 끌려갈 것이니 말이오. 그러니 결단코 고려의 요구를 받아들이는 일은 없소!"

"하오면……."

"한 달이라는 기한을 준 것은 놈들의 실수요! 그러니 그 안에 방비를 서두르시오! 그래도 우리 백성들의 수가 몇 배에 앞서니, 준비만 되어 있으면 놈들도 함부로 중원을 노릴 수 없소! 그러니 놈들의 진공을 막고, 하던 대로 행할 것이오!"

다시 무조가 의지를 세웠다.

"고려의 역사와 기예를 비롯해서 모든 것을 취할 거요! 우리가 살아남을 수 있는 길은 오직 그 길 밖에 없소. 놈들이 백성이 위대하다고 말한 만큼, 우리도 우리 백성들의 위대함을 볼 것이오!"

이미 퇴로가 존재하지 않았다. 후퇴하는 것은 실수를 인정하는 것이었고, 실수를 인정하는 것은 곧 손에서 권력을 내려놓아야 되는 일이었다. 권력을 놓는 순간 모든 것이 파멸이었다. 이미 손이 피로 붉게 물들어 있다는 것을 알고 있었다. 절대로 밀려서는 안 됐다.

한 달 기한이 지났고, 당 조정에서 부답했다.

〈다음 권에 계속〉